U0527696

律道

——吴志发文集

吴志发 著

中国出版集团　现代出版社

图书在版编目（CIP）数据

律道 / 吴志发著. -- 北京：现代出版社，2024.2
ISBN 978-7-5231-0780-5

Ⅰ．①律… Ⅱ．①吴… Ⅲ．①散文集－中国－当代 Ⅳ．①I267

中国国家版本馆CIP数据核字(2024)第051500号

著　　者	吴志发
责任编辑	杨学庆

出 版 人	乔先彪
出版发行	现代出版社
地　　址	北京市安定门外安华里504号
邮政编码	100011
电　　话	010-64267325
传　　真	010-64245264
网　　址	www.1980xd.com
电子邮箱	xiandai@vip.sina.com
印　　刷	北京建宏印刷有限公司
开　　本	710mm×1000mm　1/16
印　　张	10
字　　数	143千字
版　　次	2024年2月第1版　2024年2月第1次印刷
书　　号	ISBN 978-7-5231-0780-5
定　　价	59.80元

版权所有，翻印必究；未经许可，不得转载

无　声

此物无声人视物

人物相望各思量

倘若静物张口问

且看作答是何人

吴志发
2022 年秋

圣洁的律师袍 (代序)

职业是由自己选择的吗？

说是的，说否的，都有事实与理由；

曾为军人，是此生不悔的选择……

行业是由自己选择的吗？

说是的，说否的，都有依据与说法；

作为律师，是在半道上偶遇了她……

执业律师，让律师袍永保圣洁困难吗？

说难的，说易的，或不知所云；其实，无欲则刚，难也不难，易亦不易。

执业近三十年，是"自律"，是"选择"，是内心那几分神圣的"自傲"成就了自己……

常言道，自律的人不一定优秀，但优秀的人一定自律。

律师，这个群体当然是优秀的。

自律，是律师最起码的要求，于是，便有了"只有自律，方为律师"之说。

律师，的确是个特殊的职业，有解人之困、救人之难的一面。这一点有几分像医师，是"医者"，有"仁心"。但律师的服务对象总是相对的少数人，与医师又有许多的不同和区别，毕竟生病几乎是与生俱来的，没有人能一直不生病，也就没有终身不去医院求医问药的"神人"，却有一辈子不认识律师、不请律师的人。

律师，的确是个特殊的职业，或被不当利益所影响，或受别的什么因素干预，有"乘人之危""趁火打劫"的可能性。于是，常态化加强对律师的职业道德教育与培养，就显得十分必要和重要了。

律师，的确是个特殊的职业，他既是当事人与法官、检察官等公职人员联系的桥梁，又肩负着维护当事人合法权益、保证法律正确实施的使命。因此，肯定不能将律师简单、机械地理解为所谓的"自由职业者"。

我之所以喜欢李璟在《山花子》中的那句"菡萏香销翠叶残，西风愁起绿波间"，甚至情有独钟，是因为这句词中的荷花天生就有出淤泥而不染的本质，这与每位执业律师必须具备的执业素质具有惊人的同一性，足可类比。另外，我现时的年龄状态也与"西风愁起"有几分近似了，六十多岁，虽说还能做点事，但也可以称为老人了。"荷花"已消失，"绿叶"也将残，说是"人荷两相惜"亦不为过，真可以感慨为我不惜"荷"谁惜"荷"！

然而，在惜"荷"之中，更多的应该是赞叹！

"西风愁起"，荷塘褪去了盛夏的明媚，曾经芳龄诱人的碧绿香叶也终归于枯萎、凋零。只有秋风拂起残叶下的阵阵绿波，而每每此时，让人泛起曾几何时那种生机盎然的绿色记忆。

"荷花"与"绿叶"，她们生长于淤泥之上，明媚在绿波之间，哪怕是到了残荷听雨声的时候，依然干干净净，执着于自己的生活逻辑与方式。

谢了"荷花"有莲子；枯了"绿叶"见莲藕。

我也十分喜欢自己曾经发表在《广东律师》杂志和《律师文摘》一书中的一段话："……无论是有选择，而且已经选择了，还是无选择，而且不能选择，都必须符合本人的'底线要求'。例如，律师不能选择承办相关事务的公务人员，但律师一定能够选择和把握自己的行为，必要时甚至必须选择自己的行为。"①

执业近三十年，正是这种朴素却又登不了大雅之堂的"选择理论"，一直在教育着、鼓舞着、指引着我从事律师业务，还影响着与我共事、合办案件的宜方律师。

从事律师职业真有几分偶然，未曾想过这一"偶然"竟然成了永久，成了终身；也未曾想过自己性格上的特质与弱点——几分神圣的"自傲"，是否无碍从事律师职业。可能就是这点"自傲"，令本人暗生"洁癖"，不情愿混入那"遢遢"的江湖之中，便专注于律师业务，注重与当事人的沟通，忽略了那些所谓的"门道"，更未曾想过骨子里本就有的那几分"自傲"，不仅不是弱点，反而成就了我的律师职业。

不久前，韶关市律师协会向律师征集"律师履行社会责任典型事迹或素材"。我于是回顾了近三十年的执业之路，与"律师履行社会责任"有深度联系的荣誉，一是被韶关市政府评为无偿献血先进个人，二是获得"全省无偿献血奉献奖铜奖"，三是被广东省律师协会评为"公益爱心律师"。

然而，真正值得骄傲，甚至可以"炫耀"的不是这些，而是执业近三十年，仍然保持"零投诉"的纪录，真正无愧于身上这圣洁的律师袍！

吴志发
2022 年 8 月

---

① 引自作者《父亲的"雨具说"对我律师执业的影响》一文，发表于杂志《广东律师》2010 年第 3—4 期，被编入书籍《律师文摘》（群众出版社，2010 年 12 月）、《宜方故事》（团结出版社，2020 年 10 月），以《淡淡的回忆》为题发表于《韶关日报》2022 年 12 月 25 日。

引 子

职业是由自己选择的吗?
说是的,说否的,都有事实与理由;
曾为军人,是我此生不悔的选择……

职业是由自己选择的吗?
说是的,说否的,都有依据与说法;
作为律师,是在半道上偶遇了她……

兼职总该由自己选择吧?
说是?说否?或机缘巧合,或江湖使然;
作为作家协会会员,是"敌方"成就了我……

因为曾是军人,有血性,爱憎分明;也因为是律师,重逻辑,因果关系明确;更因为酷爱文学,笔耕不辍,便有了《律道》。

——吴志发

目录 CONTENTS

第一篇　情洒律道

律师文书中的文学语言 / 003

父亲的"雨具说"对我律师执业的影响 / 005

回眸相视总相宜……
　　——致客户的一封信 / 009

问世间"淡"为何物 / 012

湘西恋 / 014

如影随形的"思行并举"与"说写兼重" / 016

善　举 / 025

掌中欲 / 026

保证、承诺与杜冷丁 / 027

众里寻"她"千百度 / 029

陪你去塞北…… / 030

民事行为的道德与法理分析 / 034

总有一种力量让我赞叹！
　　——记钟俊文"进村居"二三事 / 046

但愿唤起你的回忆 / 048

岁月分分 / 049

沉吟与咆哮 / 051

出差归来 / 053

那些淡淡的记忆 / 055

只有自律，方为律师！ / 059

结·劫 / 061

☐ **第二篇　我爱生活**

青　春 / 073

目　送 / 075

他变了 / 084

我爱枫叶，我爱泥！/ 085

我爱这职业 / 088

今日时短往不复　旧事如烟莫忘恩 / 089

悄悄告诉你 / 091

其实，您并没有走远！
　　　——深切缅怀舒队长 / 092

路漫漫…… / 094

梦见了你 / 096

烟花三月下扬州 / 098

雨中逢 / 100

真想给你取个名字 / 101

☐ **第三篇　春雨蒙蒙**

春雨蒙蒙忆茫茫
　　　——忆外婆，还有那浓香的川芎茶 / 107

试论父亲"忍让观" / 108

翡　翠 / 115

我的生日与半个鸡蛋 / 116

我爱赏月，我爱云！/ 118

心中的外祖父 / 120

把酒当歌为谁欢 / 123

那天　那狗　那嚎叫…… / 126

莫忘了娴珍娘
  ——回忆父亲嘱咐为阿娘立碑、扫墓一事 / 129

老爸，在您远去的日子里…… / 133

牵　挂 / 135

山与水的依恋
  ——心仪的江湾 / 136

鱼 / 139

蛇 / 140

总想再送你一程（代后记） / 142

第一篇

情洒律道

律师文书中的文学语言

律师文书，也称律师实务文书，是律师从事律师业务活动所代书或自用的法律文书的总称。律师在各项法律服务工作中，都应该制作相应的文书，或为当事人代书，或以律师和律师事务所的名义出具文书，凭借律师文书，参与各项法律服务工作，以实现保证法律正确实施，维护委托人（当事人）合法权益的目的。

本文所指的律师文书，主要包括法律意见书、律师函、代理词、辩护词、代书信函，等等。

律师文书讲究严谨，要求不产生任何歧义，就是人们通常所说的一是一，二是二；桥是桥，路是路，清晰，不含糊。律师文书的文字表述可能是"硬绷绷"的，也就是所谓的掷地有声。而在律师文书中加入文学语言，就是试图在保证律师文书的严谨性和不产生歧义的前提下，或是在非原则性的争议和对案件定性无关紧要的问题上，将"硬绷绷"的语言变成"软绵绵"的。其实用性并没有因为适量使用了文学语言而降低，恰恰相反，这种"柔里带刚"的律师文书，更凸显了律师与律师文书的功力。如此，既避免了"硬碰硬"的语言，减少了诉讼双方或多方的情绪（语言）、文字的对抗与冲突，便于化解矛盾与争议，又不至于被误解为代理律师不敢说、不敢写，或向对方示弱、服软，等等。

既然律师文书讲究严谨，要求不产生任何歧义，需要使用含义清晰、明确的语言，读起来"硬绷绷"的，以达到掷地有声的效果，那么，文学语言是怎样的呢？

文学语言，一般具有模糊和暗示的属性，让读者有想象的空间；这一点与律师文书讲究严谨、要求不产生任何歧义，具有明显区别。而且，文学语言往往具有特定的含义，仅适用特定的人物或环境。文学语言表达的是作者的主观感受，体现出作者的思想价值；而律师文书反映的是委托人、当事人的意思与愿望，基本没有或者不应该有代理律师的意思与愿望。

例如，在催款类律师函中，通常以如下表述作结："届时，某公司（个人）除应支付全部欠款外，还将承担违约责任、诉讼费用和不利的社会评价。希望某公司（个人）慎重考虑，努力避免不必要的费用和不利的法律后果。"

在这份律师函的结尾中，"慎重考虑""不利的社会评价"和"不利的法律后果"三个短句带有暗示性。

再如，一个债务人拖欠他人借款超千万元，被律师函催款后，竟然向债权人回复："钱为身外之物，为何不看淡点？"

于是，笔者便代书了一封《问世间"淡"为何物》的回信，收到了出奇的效果，这就体现出文学语言在律师文书中意想不到的功能与作用。

父亲的"雨具说"对我律师执业的影响

一、"雨具说"的由来与背景

"雨具",就是人们用于遮挡雨水的工具,如斗笠、雨伞和蓑衣等。所谓的"雨具说",就是以不同的"雨具"为类比物或参照物,比拟人们的身份地位、权力财富等,从而决定与其交往时应持有的态度。

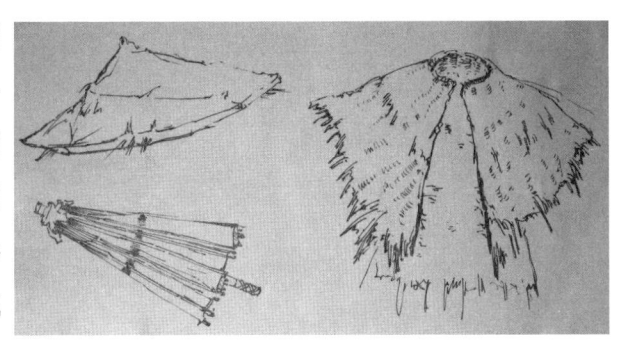

父亲的"雨具说",就是以不同的"雨具"为类比物或参照物,比拟人们的身份地位、权力财富等,并形象地说明人们拥有的"雨具"与其社会地位、权力财富的关联性,但在与拥有不同"雨具"的人相处、交往时都持相同的态度。

我的家乡位于湖北省东南部,与省会武汉市相距约130公里。1923年11月5日,父亲就出生于此。当时的中国正处在大变革时期。

父亲在村里算是个读书识字的人。小时候,我常看见父亲在雨天不能下地干活时捧着书看。有时,父亲也会给我讲书中的故事,如《薛仁贵征西》和《三国演义》等;父亲还会给我讲述他的所见、所闻和所思。

从记事起,我就觉得父亲与村里的其他人不一样,他是个戴眼镜的种地人。

在我们这个有1000多人的自然村中，父亲算是个读书人，是同龄人中为数不多的几个读书识字的人之一。这不是因为父亲鼻梁上架了一副镶银边的高度近视眼镜，而是因为父亲在新中国成立前读了好几年的私塾，懂得许多之乎者也。

父亲很希望我能有出息，甚至出人头地。他也担心我交友不慎，处事欠妥。父亲常说："人之初，性本善，性相近，习相远。"父亲相信，随着生存环境的不断变化和影响，每个人的习性都可能发生改变。出淤泥而不染固然可敬，但难以做到。于是，父亲特别希望我多交良友，能与"打雨伞""戴斗笠""穿蓑衣"的人平等相处和交往。

父亲认为，每一个人的社会地位的高低、拥有财富的多少，总是与其拥有的"雨具"的类别、质量、等级相适应。父亲把富人形象地比喻为"打雨伞"的，把穷人形象地比喻为"戴斗笠"和"穿蓑衣"的，借雨具的类别来区分贫人与富人，并与拥有不同"雨具"的人平等交往、相处和共事。若自己是"戴斗笠""穿蓑衣"的穷人，不能因为对方是"打雨伞"的富人而卑躬屈膝，假装笑脸；若自己是"打雨伞"的富人，也不能因为对方是"戴斗笠"或"穿蓑衣"的穷人而趾高气扬，仗势欺人。

父亲的"雨具说"思想及处世观点，潜移默化地影响着我与人交往、相处和共事时的态度及立场。

二、"雨具说"的现实与思考

在物欲横流的今天，要贯彻父亲"雨具说"的思想，真正实现与人平等、和睦地相处，与人为善，广交良友，并非易事。因为在这纷繁复杂的世界里，很难分清何为善、谁为友？即使是分清了，也很难独善其身。然而，在做人、办事、代理时又不能不分优劣，不分善恶，不分是非。于是，我思考着，并渐渐形成了适合自己的一条底线，一条兼具法律法规、律师职业道德和心理承受能力的底线！可称之为"底线要求"。这条"底线要求"在律师执业中尤为重要！按照这条"底线要求"去做人、办事、与人交往，也许并不完全符合父亲"雨具说"的观点，但具有时代性，符合本人的实际。父亲的"雨具说"的中心思想是"嫌贫爱富"可耻,"仗势欺人"可恶,与拥有不同"雨具"的人平等相处可贵。人与人是有差异的,父亲借"雨具"种类的不同来形象地说明人们社会地位、权力财富的差异性,希望我能与形形色色的人正常交往,既不"嫌贫爱富",也不"仗势欺人"。

我所说的"底线要求"则是综合性的。它既包括法律法规的明文、硬性规定,也包括职业道德和父亲"雨具说"思想的软性要求,还包括心理因素等。

在现实生活中,"打雨伞"的人未必就"为富不仁",就一定"富贵思淫欲";"戴斗笠""穿蓑衣"的人也可能"贫穷起盗心"。一个人拥有的财产的多少与其道德品质水平高低并没有直接的因果关系。再说,人与人交往、相处也许比人们想象的要复杂得多。因此,如果有选择,而且能够选择,则不应以其财产多少为依据,而应以其道德品质为主,并兼顾其他。若没有选择,而且也不能选择,则千万不能忘记自己心中的"底线要求"。相处、交往的对象无论是"打雨伞"的富人,还是"戴斗笠""穿蓑衣"的穷人;无论是有选择,而且已经选择了,还是无选择,而且不能选择的,都必须符合本人的"底线要求"。例如,律师不能选择承办相关事务的公务人员,但律师一定能够把握和选择自己的行为,必要时甚至必须选择自己的行为。这种与人交往、相处和办事的选择性,与父亲"雨具说"的思想要求是有差异的,因为我没有平等地对等拥有不同"雨具"的人,而是进行了选择。但这种差异或选择,并不是父亲所唾弃的、可耻的"嫌贫爱富"式的选择,或"仗势欺人"式的选择,而是根据"底线要求"所做出的理性的选择。因为被选择的可能是"打雨伞"的富人,也可能是"戴斗笠""穿蓑衣"的穷人。

父亲"雨具说"思想的精髓就是唾弃"嫌贫爱富""仗势欺人",要求心怀坦荡、和睦平等地对待拥有不同"雨具"的人。父亲"雨具说"思想的精髓是值得本人铭记的,但在现实中很难践行,甚至不应该无选择地与拥有不同"雨具"的人平等相处和交往,而是应根据"底线要求"进行理性选择。其理由也很简单,就是现实生活太复杂了,远比父亲"雨具说"思想概括的要复杂得多。因此,如果有选择,而且能够选择,既要远离可能因"贫穷起盗心"的"戴斗笠""穿蓑衣"的穷人，也要远离可能"为富不仁"的"打雨伞"的富人。如果没有选择，而且不能选择，律师必须把握和选择自己的行为！

尽管"底线要求"与父亲的"雨具说"思想存在一些差异，甚至可以说，父亲的"雨具说"思想清晰明辨，而"底线要求"是个模糊的概念，但是，父亲"雨具说"思想却深深地影响着我，对我逐步形成的"不亢不卑"的待人态度和有"底线要求"的处事原则起着十分重要的作用。父亲"雨具说"观点中"平等待人"的思想也给了我启蒙性的教育。

也许"底线要求"是个模糊的概念，除涉及法律法规和职业道德要求之外，还包括心理因素等。其实，法律法规和道德规范允许的才是"心安理得"的。从这个角度和意义上说，"底线要求"也是清晰可辨的。

从事律师职业真有几分偶然，也未曾想过与父亲的"雨具说"有何关系。但是，一旦"入行"，特别是执业十几年且略有成绩之后，颇感父亲"雨具说"的影响在我律师执业中的作用不容小觑。对于律师职业，人们有不同的看法和描述。有人认为律师职业是金领，受人尊敬；也有人称律师是与"魔鬼"打交道的人。

说律师是金领，是因其收入较高；说律师是与"魔鬼"打交道的人，是因其接触的群体具有独特性。这些都部分地反映了律师的某些特点。我认为，律师更是委托人的朋友，是与委托人身份平等且值得其信任的朋友。律师一旦接受了委托，无论委托人是"打雨伞"的，还是"戴斗笠""穿蓑衣"的，都应平等地对待，努力提供优质的法律服务。

委托人与律师委托关系的建立与产生，是双向选择的结果（法律援助案件另当别论）。这种选择既是法律要求和允许的，也是"底线要求"的反映；执业律师完全应该根据法律规定和"底线要求"选择服务对象，"雨具说"要求的"平等"是选择后对委托人的平等，而委托人可能是"打雨伞"的富人，也可能是"戴斗笠"和"穿蓑衣"的穷人。

2007 年 2 月 15 日

（发表于《广东律师》2010 年第 3—4 期，同年被（北京）群众出版社编入《广东律师 20 年》一书出版发行）

回眸相视总相宜……

——致客户的一封信

赵总:

你好!

有点意外吧,当你收到这封信的时候,最初的反应一定是困惑:吴律师为什么写这封信?

记得是十八年前的一个春天,你第一次来宜方律师所,向我倾诉心中的苦恼:她,她,她向法院提起了离婚诉讼……

当问及离婚原因时,你悄悄地告诉了我。然后,我思索了一会儿,提出了几点可能让她撤诉的意见供你参考。也许是你们的缘分、感情尚存;也许是我那几条律师意见多少起了点作用;也许还有别的什么,这些因素挽救了你们的婚姻,让你俩破镜重圆。

有次小聚时,你曾十分动情地转述她的一句话:"法院那地方简直就是个大熔炉,去过一趟法院,就像读了好几遍《爱的五种语言》……"我相信你妻子的感受,但凡经历过离婚诉讼的男女,通常比热恋,比初婚时更能了解自己在对方心中的地位与分量,也更能理解这一期间配偶的追求与向往……

粤北的夏天骄阳似火,而比骄阳更火辣几分的却是你的性格;每一个充满活力的细胞,几乎都要从你那不加掩饰的眼神中跳跃而出,并反映在你的言谈之中:

"那家伙遭报应了,因受贿进去了;可那个单位还拖欠我们公司近1000

万元的工程款，该怎么办？"

你焦虑地咨询我的意见。光阴似箭，日月如梭；转眼间，这事也过去十来年了。现在回想起这宗案件的诉讼历程，真如同走钢丝一般，其中最令人担心、最拿捏不准的是在高墙内的那家伙会不会"血口喷人"？

春华秋实；估计无人不恋秋，但喜欢的原因就形形色色了；圈内朋友都知道你特别喜欢秋天，心仪秋色。从你那幅《我爱枫叶》的油画作品所引起的诉讼风波中，就足见你是何等的钟情秋色、迷恋枫叶了。

说起枫叶，它们或春绿，或秋红；虽然高高在上、瞰视众生，却从不低看任何人；送走了一批批观客之后，便在秋风、雨水、霜雪的作用下惜别了枫树；与残枝、朽木为伴……渐渐地化作芳泥，成为枫树源源不断的营养之源；只可惜，几乎没有人留意芳泥！

杜牧将秋天的枫叶描绘得比鲜花还艳丽、娇美："停车坐爱枫林晚，霜叶红于二月花。"而你那幅油画——《我爱枫叶》，不仅反映出你对"霜叶满阶红"的动心，更寄寓了你对枫叶在春绿或秋红时的追意，还有对"芳泥"的讴歌！

好在你只恋秋色不爱银，油画风波总算是柳暗花明，以非诉讼的方式调解了。

也许是巧合，也许是人们常说的天意，那年冬天肯定是你们公司空前的严冬：一位拾荒者竟然在临终前称你们公司的保安殴打了他。

很快，三名涉事保安被公安机关带走了……

本不该发生的事情发生了，而且后果又那么严重，总该有人对拾荒者的死承担责任。我在《法律意见书》中都分析清楚了。这一意外事件的圆满解决，让我看到了你的能力与担当。

虽说那年是公司空前的严冬，但严冬很快就过去了。

月光透过浮云，穿过树梢，隐隐约约地映照着我与你，还有那本《宜方故事》……

再见了，挥手告别，月光下的身影渐行渐远，我与你，回眸相视总相宜……

2019年秋

（选自《宜方故事》，团结出版社，2020年10月）

问世间"淡"为何物[①]

人们常说，春华秋实。如此说来，秋一定是收获的季节。

因此，人们便将这个"秋实"之时，形象地称为金秋十月。

金秋，让人向往，让人期待，也让人不舍……

年年有春色，岁岁遇金秋；而今年的金秋，我却意外地收获了一封信，一封充满"淡"意的来信。

一石击起千层浪，无尽思绪逐浪来……

我已经不记得一封信需要阅读几遍的年代了；我也不记得是哪几位亲朋好友的来信，令我爱不释手，要反复阅读方能释怀。然而，这封充满"淡"意的来信，却将我的思绪引向了那遥远的过去；似乎重回了从前那"纯真"的年代……

放下了工作，目送了朋友，还关了随时可能响起的手机。

陋室静了，静到只有我和来信两相视；此时便一遍遍地品味着这封佳作——"金秋，且充满'淡'意的来信"，也一次次地回眸自己几十年留下的脚印……

见笑了，惭愧了！

[①]《问世间"淡"为何物》源自笔者于2016年秋的一宗代书业务，即以律师的身份接受当事人委托，代书的一封回信。此回信原文篇幅较长，考虑到为用户保密及篇幅较长等原因，部分内容已删除。

少时春秋无闲日，人近六旬方回眸；
原本为情疑是痴，才晓重义酷似愚！

……

的确，未曾想过那句"血浓于水"的至理名言，也在残酷的现实面前被颠覆了，被撕碎了！倒是"过河拆桥""卸磨杀驴"的典故被演绎得炉火纯青，还添了新意！

于是，我茫然了，茫然到不知所措……就在此时，也有人对我说："算了……就算是将近千万元送了又何妨？钱乃身外之物，看淡一点……"

"看淡一点……"

"淡"！一个"水"与"火"相邻的"淡"字……

说"淡"？说"淡"容易"淡"时难！

如何"淡"？难道还不够"淡"？或是"淡"得还不够！

说"淡"？是说原本该"淡"而没有"淡"？还是说虽然"淡"了许多许久，但还远没有达到其所期待的心理价位！

"淡"，问世间"淡"为何物！

二十年前，祖辈的财产放弃了，理由是让我看"淡"点。

"淡"，问世间"淡"为何物！

十多年前，公司从负债3000多万元发展到零负债，再发展到6000万元以上的净资产。企业危难时，他在哪里？

"淡"，问世间"淡"为何物！

现如今，近千万元的借款也不愿偿还了，难道应该"淡"到视如此的巨额现金（钱财）如粪土一般！

在此情形下，难道还要求继续"淡"吗？倘若如此无底线、无止境地"淡"下去，岂不真的被言中了！

……

以上事实已经充分说明，究竟是该"淡"的而没有"淡"，还是知多知少难知足！

2016年秋

湘西恋[1]

我说过，春节过后去看你。然而，春节的气氛早被人们忙碌的身影带走了。小区附近那几棵高大的木棉树，枝头上的鲜花开了之后又谢了。那红似火、黄近霞的花朵便飘落于树下，有些已被老人、小孩子捡回了家，有些则在阳光、雨水的作用下化为了芳泥……

我说过，忙完手中这两宗案件就去看你。然而，张老板和李先生都分别领走了各自的法律文书，连张老板答谢晚宴那"茅台飘香跃窗外，夜归农夫探鼻来"的情景也过去了许久……

我说过，等我们宜方律师所荣获"广东省优秀律师事务所"称号之后，一定高举着彩旗，唱着赞歌，与同事一道去看你；让你目睹我们"宜方律师"的风采；还要让你真正"见识"一下"湘妹"虽然热情奔放，却哪比我"宜方妙龄"的风韵！

然而，天有不测风云……

---

[1] 2017年4月，笔者所在的广东宜方律师事务所荣获"广东省优秀律师事务所"称号。值此全所欢欣鼓舞之时，宜方律师事务所决定奖励、鼓励全所同事，来一次庆功式的"湘西游"。此文主要描述了宜方律师所荣获"广东省优秀律师事务所"称号之后，笔者的喜悦心情……并誓言：宜方律师所荣获"广东省优秀律师事务所"称号之后，一定高举着彩旗，唱着欢歌，与同事一道去"湘西"；让"湘西"中的"她"目睹"宜方律师"的风采；真正"见识"一下"湘妹"虽然热情奔放，却哪比我"宜方妙龄"的风韵！"天有不测风云……"则是指由于个人原因，笔者没有参与"湘西游"。

湘西，可亲的湘西！"宜方"来了，高举着"广东省优秀律师事务所"的旗帜来了，我依然在梦中相恋着你！

2017 年 6 月 9 日

（选自《宜方故事》，团结出版社，2020 年 10 月）

如影随形的"思行并举"与"说写兼重"[①]

一、思

律师执业内容体现为"思行说写"四个方面，以"思"为首。

每接到一个业务（含诉讼、非诉讼），甚至是接到一个与律师业务相关的电话，脑子都在思考。有多少不用思考的案件？

律师这个职业，既是"技术活"，也是"体力活"；律师，既然是个"技术活"，就有"技术"，有"技巧"的成分，那么思考就是必然的。

个案一定是千差万别的，但其中一定有共同的东西，即共同点。既然如此，就不讲个案，不谈案例（尽管个案也有代表性、指导性）；既不总结、不"笑谈"那些成功的喜悦，那些宝贵的经验，也不书写、不"哭诉"那些失败的沮丧，那些难得的教训。就从律师职业的角度，从若干个足以"笑谈"或"哭诉"的经验或教训中，提炼几条具有普遍意义的原则或原理，尝试着谈谈如何去思考，去动脑筋。

思考是否接受委托，通俗地说，就是针对某个案件，是否愿意代理、接受委托？说得具体一点，就是"选择当事人"，"选择自己的行为"。

关于是否接受委托？这不仅是个需要思考的问题，也是必须认真对待、妥善解决的问题，甚至还是每位律师职业生涯中必须经常面对、不能回避、

[①] 此文系一篇为青年律师培训之用的讲稿。

不可逾越的问题。

既然提出了这个问题,就一定有提出的理由。至于提出的理由是否成立,就由各位自己去判断了。

这样吧,先给各位念段文字,之后各位再去思考,看吴律师提出的关于"是否接受委托",是不是律师应该思考的内容之首:

"……律师不能选择承办相关事务的公务人员,但律师一定能够把握和选择自己的行为,必要时甚至必须选择自己的行为。

"……如果有选择,而且能够选择,既要远离可能因'贫穷起盗心'的'戴斗笠''穿蓑衣'的穷人,也要远离可能'为富不仁'的'打雨伞'的富人。如果没有选择,而且不能选择,律师必须把握和选择自己的行为!

"……从事律师职业真有几分偶然,也未曾想过与父亲的'雨具说'有何关系。但是,一旦'入行',特别是执业十几年且略有成绩之后,颇感父亲'雨具说'的影响在我律师执业中的作用不容小觑。对于律师职业,人们有不同的看法和描述。有人认为律师职业是金领,受人尊敬;也有人称律师是与'魔鬼'打交道的人。"

以上这段文字是我2007年撰写的,2010年以《父亲的"雨具说"对我律师执业的影响》为题,发表在《广东律师》2010年第3—4期上。2010年12月,《父亲的"雨具说"对我律师执业的影响》被(北京)群众出版社编入《广东律师20年》一书,并出版发行。

如果有人问,吴律师为什么如此钟情这篇约5000字的文稿?

回复只有四个字:"为了选择。"

不是吴律师故意夸大其词,渲染律师职业的风险。可以想一想,律师这个职业是不是高风险的职业。

如果不选择当事人,来者不拒;如果不选择自己的行为,任其"摆布"或"指使",那将是什么情形?将带来什么后果?

以上这段文字,是我时刻铭记于心的"铁律";也希望同行仔细想想,好好琢磨琢磨,并强烈建议各位作为参考。

有的同事也许要问了：这样的人被拒绝了，不接受其委托；那样的人也被拒绝了，也不接受其委托，那我们还代理什么人的案件？

案件少了，吃什么？

我将自身的经验总结为"三一制"验证法，可以供同事参考。

"三一制"，即用三种不同的方式方法去检验案件（人）的复杂程度，并尝试在这三种方式方法中寻找平衡。

一是作为个人，不接受有违人性的委托；

二是作为律师，不接受有违道德的委托；

三是作为营生，不接受不能温饱的委托。

"三一制"，通俗地说，就是三分之一不违人性，不丧天良；三分之一不违职业道德，不失操守；三分之一为了生活，不饿肚子。

二、行

"行"，就是行动；对于律师而言，"行"则指律师实务。

"行"，作为律师的工作内容之一，至少包括三个方面：

一是主动与否（即行动快慢，效率如何）；

二是质量如何（即不仅行动了，而且服务质量符合要求）；

三是当事人、委托人以及法官等公务人员是否感受到律师的行动，包括他们对律师的评价（即对律师行动的感受与评价）。

对此，有一些简单的测试、检验方法，不妨去试一试：

一是你曾经服务过的当事人，包括他们的亲戚朋友，还有顾问单位的员工等，当他们需要法律服务时，是否还能想起你？

二是案源量、收费额，这也是反映"行"得如何的指标之一。宜方所还是有点名气和知名度的，执业三五年，如果你的案源量、收费额总是上不去，不客气地说，你在"行"字上便做得不够优秀了。

"案源量少或不多，可能是'行'的问题；收费不多或是较少，可能是运气、机遇的问题。"

这句话对吗？可能不全对；

这句话错吗？可能不全错；

这句话信吗？信与不信由你。

三是法官等公务人员对你的认可与评价。执业十年八年，即使没有什么别的往来与接触，总能有机会让法官等公务人员多少了解你这位律师吧。比如说在法庭上的表现（如举证、质证时的发言、辩论以及最后陈述等）；还有书面的起诉状、答辩状、证据清单、代理词、辩护词等。只要用心，坚持用心，就一定有机会让他们了解你。

另外，再说说在行动上，容易被忽略、容易被忘记，但又千万不能被忽略、不能被忘记的内容：

第一，律师是不容有失的职业。

第二，律师是需要良好习惯的职业。

三、说

就我有限的感受，还有平常的"听其言"来看，有的同事在法庭上的表现，在法庭上的发言，的确很一般。

在法庭上，律师的话是说给谁听的？

在法庭上，律师的话至少是说给三个人（或三方人）听的：一是法官，二是委托方，三是对方。

如果有旁听的，还包括说给旁听人听。

有一位法官在与我交流时问：为什么在法庭上要求律师少说几句或制止了律师的说话，被制止的律师就特别反感？

我回复法官说，在审判长看来，法庭就是开庭的地方，就是法官组织各方当事人（含检察官）举证、质证、辩论的地方。但对律师而言，法庭也是其展现才能的舞台。特别是有委托人在场的时候，更是如此。此时的法庭，还是律师向其委托人汇报工作的场所。

律师，就是能说会道的代名词。如果律师的语言表达能力不强，也有损其职业形象。

律师，之所以被当作"能说会道"的代名词，不在于"高谈阔论式"的显摆，也不在于"张冠李戴式"的胡扯，更不在于"泼妇式"的争吵、骂街，而是因为律师逻辑性强，言之有物，依情、以理、用法，让人信服。

律师在发言、起草代理词提纲或提要时，应注意以下几点：

第一，内容正确，观点鲜明；

第二，围绕中心，焦点突出；

第三，有条有理，逻辑性强；

第四，面对法官，兼顾其他。

四、写

"能说会道"是律师的代名词，至于律师的文字功底，人们似乎并不太在意。但在法庭上，则是另外一番景象：

"原告起诉的事实与理由，是否与诉状一致，有无补充？一致的就不要再说了。"法官说。

"原告举证，是否与证据清单一致，有无补充？一致的就不要再说了。"法官说。

……

"被告答辩，是否与书面答辩状一致，有无补充？一致的就不要再说了。"法官说。

"被告质证，不要说与质证无关的，就说'三性'。"法官说。

……

"下面发表辩论意见，原告律师先说。"法官说。

"……有书面代理词，就不要全文照念了，简明扼要说说，交书面代理词就可以了。"法官说。

……

上面这段文字是真实的，是典型的法庭记录。

这段文字告诉我们一个事实，在法庭上，律师的发言时间是十分有限的。这段文字也告诉我们另外一条重要信息：写，不仅是必要的，更是重要的。写，是律师的基本功、基本任务。

按说，"写"是从幼儿园就开始练习了。

今天所说的"写"，是律师职业中的"写"，是"思行说写"中的"写"，如起诉状、答辩状、辩护词、代理词等。

写律师文书时只需写事实、写准确、写合理，不要求写"动心"、写"感人"。

不过，要写一份有质量的再审申请书、辩护词、代理词，有时候还真有点难。

现在与各位分享几点体验，并尝试着与各位说说如何写好律师文书。

第一，与"难"共处几十秋；

第二，与"难"弄墨到天明；

第三，遇"难"难则在脚下；

第四，知"难"而进显本职。

以上几点，各位可以想一想，琢磨琢磨。这不仅是我的体验，其实也是你们的体验。

第一，如果说写律师文书不难，那是站着说话不腰疼。

说不难，那是"藐视"困难罢了。其实，写律师文书，何止是难，更多是"苦涩"。

写不好就写不好，写不好也不"退稿"。不过，我相信，即使是没有退稿，内心一定是"苦涩"的。干了这一行，不能因为难而不写，因为难而放弃。我这一写就是几十年，这一写就是一辈子。

这就是我的"与'难'共处几十秋"。

这种"与'难'共处几十秋"就是一种精神，说得冠冕堂皇一点，就是敬业精神。这不是在夸耀自己，是在自我激励。人是需要精神力量的，希望年轻律师也来一点自我激励。没有点精神，不想且不能吃苦的人，必将白白浪费青春，枉费年华！

在此就当回复"如何写好律师文书"之一：**精神不可无。**

第二，人们都说写律师文书难，其实也有快乐、幸福的时候。特别是在困难被解决、困难过去之后，那种苦尽甘来的幸福感、满足感，相信每一个人都有。

比如说一个诉讼案件中，诉讼双方在法庭上争论不休，吵得一塌糊涂。开庭之后，我很想写一篇高质量的代理词，供合议庭参考。同时也想告诉法官，代理律师不仅能说会道，而且略懂如何写文。于是，我便开始构思代理词。

经过几天几夜，甚至更长时间的努力，终于将一篇有分量、高质量的代理词写完了，甚至可以用"成功"来描述。

这种"成功"，不一定对案件胜诉产生多大影响，更侧重于"写"得"成功"。

作为律师，尤其是年轻律师，更应该为自己在代理案件中的出色表现而欢欣鼓舞；为自己曾经的"挑灯夜战"终于有了好结果而举杯祝贺；为漫漫长夜已成为过去而心存感激，感激那些陪伴、鼓励自己的同事，还有家人。

这就是我的"与'难'弄墨到天明"。

因为写一篇好的律师文书，是在强烈欲望的驱动下实施的。

因为我相信，没有欲望，就没有想法。

在此就当回复"如何写好律师文书"之二：**欲望不可缺。**

我曾在与同事、朋友议论、闲聊时说，有的同事总是写不好代理词。对此，我真的不理解，不知为什么。在我看来，凡是我能写好的文书，其他律师就找不到写不好的理由。

过了很久之后，我似乎找到了可能的理由——"激情"。

我在撰写文稿时是很投入的，带有浓厚的、浓烈的激情。在"激情"方面，大家是否与我一样呢？

但是，用写家书、写情书的激情与态度来写代理词，是否就容易写好、写成功呢？

第三，律师在法庭内外的对抗，虽然没有身体上对抗与接触，但脑力、智力的对抗还是相当明显的。

在大多数情况下，双方或多方在诉前已经有过对抗行为了，有些是在相当情绪化之后才走上了法庭。而律师参与诉讼之后，只作为代理人履行职责，并非当事人。于是，我认为，当事人之间的对抗，他们之间的纠纷与矛盾，对律师而言是"遇"，是相逢。

千万不要高看了自己，不可将当事人的困难扛在肩上，作为一名小小的律师，你我扛不了多少重担子。有了这些认识之后，在这种大背景之下，再去写律师文书，去写代理词，还难吗？

我认为不难，即使是难，那也是脚下的"难"，而不是肩上的"难"。

在此就当回复"如何写好律师文书"之三：**心态不可躁。**

第四，撰写律师文书，尤其是撰写代理词，本来就是律师的分内之事，不应该有什么问题，也不应该反复强调，但现实却并不如此。

能写，且写好了，可大大优化当事人对你的评价。

写，本来应该是律师的长处，是优势；可惜的是，有些同事怕写，有畏惧心态。要是写文稿如同吹灯一般，易如反掌，那还有律师优势一说吗？正因为难，而律师又能够克服这个困难，其长处、优势就产生了，显现了。当事人对你的评价当然就高了。

代理词通常是交给法官的。如果你认为，某份代理词写得有质量、有水平，可以交给当事人阅存，这也可以增加当事人对你能力、水平的了解，提高当事人对你的评价。

能写，且写好了，可提高你的"身价"。

一定要让顾问单位在支付顾问费时觉得"物有所值"。这其中就与他们对律师撰写律师文书的认同、赞许分不开。

曾有当事人收到一封来信，大意是说"算了……就算是将近千万元送了又何妨？钱乃身外之物，看淡一点……"

这位当事人怒火中烧，近千万元的欠款，"钱乃身外之物，看淡一点"？说得轻巧！

于是，他委托我代书了一封回信，标题就叫《问世间，"淡"为何物?》，大意是：

说"淡"容易"淡"时难！

"看淡一点……"是说原本该"淡"而没有"淡"？还是说虽然"淡"了许多许久，但还没有达到其所期待的心理价位！

问世间"淡"为何物！

……

这封回信让当事人十分满意，其中的一首诗极可能打动了这位年近花甲老人的心：

少时春秋无闲日，人近六旬方回眸；

原本为情疑是痴，才晓重义酷似愚！

撰写律师文稿就是在履行律师职责，再"难"也要履责。知"难"而进，方显律师本职（色）。这就是"知'难'而进显本职"。

在此就当回复"如何写好律师文书"之四：**履职不可怠。**

写，什么时候都有人认为难，也有人认为不难。难与不难都在写，有人越写越易，越写越好，难也就不难了。而认为难的人也在写，十年过去了，二十年过去了，三十年过去了……"难"，还是从前那个"难"。努力吧，希望若干年之后，越写越易，越写越好。

"思行说写"是律师的执业内容。在"思行说写"中没有最重要的，只有更重要的。当然，具体案件可做具体分析与侧重，"思行并举"与"说写兼重"是一体，难分彼此，如影随形。

2021 年夏

善 举[①]

属笔呈词担道义，

一派庭院明镜悬。

东风多与善举便，

偶遇云雾有他时。

（发表于《广东律师》2011年第3期）

[①] 2010年春暮时节，是广东宜方律师事务所成立十周年之际。十年来，宜方律师事务所多次被司法行政机关、律师协会评为"规范化建设律师事务所""先进单位"等，多次获"业务成就奖"等。

为了巩固"规范化建设律师事务所"成果，适应法律服务市场需要，决定将律师事务所从居民小区搬迁到具有正规办公功能的财富广场23楼。经过几个月的装修，律师事务所迎来了乔迁之喜。从此，律师事务所的整体形象有了跳跃式的发展与提高，办公条件大为改善。真可谓是"人逢喜事精神爽"。

律师事务所成立十周年，又逢乔迁之喜。在这"双喜"临门的日子里，为给新办公室添一点"文化"氛围，笔者便萌生了写点什么的念头，并借此总结、归纳十多年的执业经历，始有《善举》。

《善举》主要是通过对律师职业的概括，以"属笔呈词担道义"来阐明律师的职业属性与责任。另外，尽管人们对律师的执业与司法环境有种种担忧与评议，但笔者还是乐观的，并充满了期待，因此有了"一派庭院明镜悬。东风多与善举便"之句。笔者没有因为极少数或个别案件存在问题而否认"一派庭院明镜悬"这一主流现实。即使有极少数或个别案件认定事实和判决存在错误，也可通过上诉、申诉等合法程序维护当事人的合法权益，算是"偶遇云雾"而有云开雾散的时候。这是《善举》的希望与期待。

掌中欲①

芸芸众生匆匆过，
难寻甲乙泪沾襟。
伸指舍弃掌中欲，
留得心静享悠悠。

（发表于《广东律师》2011年第3期）

---

① 《掌中欲》的写作背景与《善举》相同。《掌中欲》主要是通过对当今社会人们相互之间利益关系的概括，揭示了在市场经济中，虽然"芸芸众生匆匆过"，但合作或交易中难免存在争议与纠纷。而难舍难分、挥泪惜别的场面却较少见，真可谓是"难寻甲乙泪沾襟"。特别是在诉讼中，往往因双方很难舍弃掌中那一点利益而导致调解失败。其实，在诉讼中的调解阶段，让一点利益对双方都是有利的，即"伸指舍弃掌中欲，留得心静享悠悠"。

保证、承诺与杜冷丁

说起保证、承诺，无论是在什么语言环境中，人们都能知道其大致的意思，不外乎就是保证、承诺的一方，为了让对方、听众或是某一特殊群体相信保证人、承诺人，针对某一事务做出的书面意思表示或口头表态。

可是，保证、承诺与度冷丁，它们三者之间有关系吗？存在关联性吗？

有，存在关联性。

笔者从事律师职业近三十年，民商类诉讼、非诉讼业务占了全部业务的"半壁江山"，代理了数以千计的债权债务纠纷，争议金额累计在惊人的N个亿元以上。其中就不乏债权人手持着厚厚的"保证""承诺"或"还款计划"等材料，向笔者述说他们短则七八年，长则十多年的讨债经历，倾诉他们的"满腹苦水"，还有那不计其数的不眠之夜……

然而，当问及他们为什么这么长时间了，没有去询问、请教律师或其他专业人员，或是直接向法院提起诉讼时，他们无一例外地说，有"保证""承诺"，就相信保证人、承诺人会偿还欠款。

一次相信，两次相信；一年相信，两年相信；四五年、七八年过去了，本息分文未还，还相信吗？为什么还相信呢？

……

没有担保措施，即便是有，也是个人欠款，欠款人的公司提供保证；父母借款，子女提供保证；丈夫欠款，妻子提供保证。通俗地说，就是左手为右手保证，自家人为自家人保证。这样的保证有安全性吗？多年来，本息分文未还，还相信吗？为什么还相信呢？

……

其实，这些"保证""承诺"，还有"还款计划"等，债权人相信，也不相信。

信，是因为这些"保证""承诺"和"还款计划"就像杜冷丁一样，有麻醉作用，能止痛，可缓解他们的"债权风险焦虑症"，并产生一定的依赖性，就是成瘾了。于是，一段时间之后，杜冷丁的药效低了、过了，"债权风险焦虑症"便复发了，症状再次明显、加重起来。讨债再次开始，债务人又一次出具更诱人的"保证""承诺"。如此反复，"保证""承诺"越积越厚。

不信，因为不信，便向法院提起诉讼，依法主张权益。

2022 年夏

众里寻"她"千百度

记得那是一个春天的早晨,我又一次来到芭蕉树下,蕉农埋怨地对我说,芭蕉无心人有心,早几天忙什么去了?该来的不来,不该走的走了……

记得那是一个夏天的中午,我又一次来到杨柳河边,渔夫责怪地对我说,有水的河溪就有鱼,你啊,你!不要再来了,这条河快干了……

记得那是一个秋天的下午,我又一次来到枫树公园,门卫诗意般地对我说,"残枝落叶随风去,化作芳泥满园香"!

别等了,回吧……

记得那是一个冬天的傍晚,我又一次来到桥市,先去了佳和楼,再去了23楼,之后还去了岳阳楼和黄鹤楼……

众里寻"她"千百度……

桥市,还是从前那座城市,高楼大厦林立,白天车水马龙,夜晚灯火辉煌,好一派欣欣向荣的景象。然而,我却想起了那句"痴汉愚夫时时醒,物是人非两茫茫……"

陪你去塞北……

说起去塞北（西北）旅游观光，自然会想起歌唱家殷秀梅演唱的那首《我爱你，塞北的雪》，也许就像人们去江南旅游观光，通常会想起武汉的黄鹤楼，想起岳阳的岳阳楼，想起南昌的滕王阁等名胜古迹一样；还会想起崔颢的"昔人已乘黄鹤去，此地空余黄鹤楼"，想起范仲淹的"先天下之忧而忧，后天下乐而乐"，想起王勃的《滕王阁序》……

而此时的吴律师，便想起了《滕王阁序》中的那段"老当益壮，宁移白首之心？穷且益坚，不坠青云之志。酌贪泉而觉爽，处涸辙以犹欢。北海虽赊，扶摇可接；东隅已逝，桑榆非晚……"

是啊，吴律师年龄虽然大了，可志向不变；说起初心，哪能在白发之时改变呢！喝了名为贪泉的水，又能怎样？心清自无尘！的确，时光在不经意之中虽已消逝了许多许多，但只要珍惜今天和将来，也许还不算晚吧！

不过，老年人也该有与其年龄相适宜的生活才是。

虽说是"东隅已逝，桑榆非晚"，但苍天不老人易老；地球围绕着太阳就这么不停地转下去，再转若干圈之后，小小的，本来就不起眼的吴律师，便是"宜方树"下的片片黄叶，也许还有几块小"芳泥"……

于是，便想起了下图这幅《枯与绿的对话》，虽说这画面有些残酷，还有几分伤感，却也令人思索……

其实，"枯"也好，"绿"也罢，均是同一生命体在不同时期的生命状态而已，世间万物概不能例外。

尽管此次西北之旅的目的地（重点）之一，是中国工农红军一、二、四方面军会师纪念地——会宁，是一次红色教育之旅，是一次党史学习之旅，是一次旅游观光之旅，但心中对塞北"飘飘洒洒，漫天遍野"的雪景，依然充满了向往，对雪"的舞姿是那样的轻盈"，对雪"的心地是那样的纯洁"更是充满了期待……

《枯与绿的对话》

此时的塞北，除了在阳关偶遇几粒雪籽之外，并没有幸会"飘飘洒洒，漫天遍野"的雪。然而，心中那块"静土"，那片"洁白的雪，纯静的雪"却是妥妥的……

自古英雄多磨难！

中国工农红军一、二、四方面军，历经万里长征，战胜了天险和残暴凶恶的敌人，终于胜利会师于会宁！

从此，在中国共产党的领导下，红军开创了中国革命和抗日战争的新局面。其意义伟大而深远：

红军长征胜利结束，是党和红军实现了真正意义的团结；

红军三大主力会师，实现了中国革命重心向西北的转移；

建立广泛的抗日民族统一战线，实现了国共第二次合作；

红军三大主力会师，为抗日战争和解放战争奠定了基础。

我曾说过，宜方，你似一棵树，从弱不禁风的小树，长成了如今这硕果累累的大树。然而，你却依然需要陪伴；而我，小小的，且又渐显苍老的吴律师，还能陪多久，又能伴多远？

没有不散的筵席，没有不结束的旅行。一次短暂且带有"任务"的塞北之旅，在忙忙碌碌中开始，似乎又在静悄悄中结束了，还可能在岁月中消失。然而，也有不会忘却的印记：

红的，红得像火炬一般耀眼，那便是红军会师纪念塔；
白的，白得像玉石一样无瑕，那便是茶卡盐湖；
黄的，黄得像金子一般夺目，那便是额济纳的胡杨林；
蓝的，蓝得像大海似的深邃，那便是塞北的天空；
还有令人畅想且目不暇接的，那便是张掖的七彩丹霞……

西游吟

相遇是缘心相许，
几度春秋近晚霞。
且看阳关无旧事，
风流当数岭南还。

2021 年 10 月

民事行为的道德与法理分析

摘　要： 本文是一篇"普法"文稿，能为法律知识薄弱而"生活经验"较丰富的人们提供一条认识民事行为属性的途径。笔者试图以法律和当今社会人们普遍认同与遵守的道德观念、道德规范为标准与尺度，去分析民事行为的合理性与合法性。撰写此文的另一目的就是希望能帮助那些善良的人们，尽可能避免因对民事行为的属性不了解而做出误判。

关键词： 民事行为；道德与法理；分析

一、导言

人类社会在秩序、规矩之上稳定运行。每一个人的行为都在一定的道德和法律规范内实施。由于执业的体验，笔者对"民事行为"有了较丰富的认识。于是，笔者决定以《民事行为的道德与法理分析》为题，写一篇别样形式的"普法"文稿，并希望该文稿对人们了解民事行为的属性有所帮助。

本文并不是从律师的角度去阐明某一案件侵权法律关系是否成立，而是试图帮助人们在遇到民事行为相关问题时，以法律和当今社会人们普遍认同与遵守的道德观念、道德规范为标准与尺度，去分析民事行为的合理性与合法性。

撰写此文的另一目的就是希望能帮助那些善良的人们，尽可能避免因为对民事行为的属性不了解而做出错误的判断。

笔者曾代理过数十宗被告出庭参加相关案件的诉讼活动，那些愤而拿起

"法律武器"的原告最终败诉了，与其说是因证据不足，倒不如说是因原告太漠视起码的道德观念与道德规范了。更令人遗憾的是，他们不仅对法律知识知之甚少，就连道德观念也很淡薄。好在他们当中的大多数人相信和服从法院的判决。

不过，对于具有"恶意"之人而言，本文的作用恐怕就不大了。

即便如此，笔者还是将"恶意"之人划分为两大类。

一类是因为对"民事行为因果关系"知之甚少，加上利益导向，所以具有"恶意"。此类"恶意"之人经过一定的法律与道德教育，可弃"恶"从善；笔者曾代理的多起民事主体起诉另一民事主体的纠纷案就是例证。其中多位原告在听完笔者的代理词之后选择了撤诉。因为原告知道，他们的诉求不仅没有证据支持，就是以当今人们普遍认同与遵守的道德为标准与尺度，也违背了诚实信用原则。

另一类则是对"民事行为因果关系"略知一二，但因其私欲极度膨胀，为一己私利而"恶意诉讼"或逃避起码的责任与义务。此类"恶意"之人只能依靠和采取法律强制手段，使其"恶意"之念不易泛滥，"恶意"之举难以实现。

二、民众普遍认同的"道德观"与"法律观"

道德是人们在长期的共同生活中逐渐形成和积累起来的，是在一定社会关系下，调整人与人之间以及人与社会之间关系的行为准则与规范总和，具有认识、调节、教育、评价等功能。道德往往代表着社会的正面价值取向，是判断人们行为正当与否的标准，是调节人们行为的社会规范。

道德是评价人的起码尺度，具有普适性。与法律相比，道德虽不具有强制力，但其"软实力"不容小觑。在一定条件下，道德对人的评价作用比法律更明显。

民事行为的道德与法理分析，就是以现行法律和当今社会人们普遍认同与遵守的道德观念、道德规范为标准与尺度，运用知识和经验，对民事行为进行考察，从而实现对民事行为的合理性和合法性的认识与评判。民事行为的道德与法理分析，不是找寻民事行为的原因或动能，也不是为了追究民事行为主体的民事责任,而是为了认识、分析、判断民事行为是否违反了现行法律和当今社会人们普遍认同与遵守的道德观念和道德规范。

一个民事行为主体多次漠视甚至挑衅人们普遍认同与遵守的道德底线,固然与该民事行为主体的道德观、荣辱观、廉耻感等直接相关,但也受其生活环境中的社会舆论、道德评价的直接影响。

法律观是法律的灵魂,民众具备何种法律观,既是立法和司法基础,也是律师需要了解和掌握的基础。就单个民事行为主体而言,法律观是人生观、价值观在法律意识上的反映。从这个意义上说,民事行为主体的人生观、价值观决定了他的法律观。比如,一个视"安葬父亲为麻烦"、言"缅怀先人为作秀"的民事行为主体,一定没有"以人为本"的法律观;再如,一个遇"义务就哭穷"、见"责任就逃避"的民事行为主体,肯定没有"诚实信用"的法律观。

笔者在长期的律师执业中,深刻地感受到人们普遍认同的道德观、法律观以及道德底线并不像有些人担忧的那样:"苏丹红""孔雀绿""三鹿奶粉"等事件的出现,就让民众以为多数企业是"奸商";诸如"范跑跑""街头小骗""儿媳暴打辱骂公婆"个案的发生,就让民众觉得国人的道德已经沦丧到了"积重难返""病入膏肓"的程度。其实并非如此,至少就范围来说,还远没有达到"全面沦丧"的程度;但就个案而言,也许是"不可救药"了!

不久前,笔者从"一本小册子"中得知,湖北省通山县大畈镇西泉村的《公民道德基本规范》和《村规民约》写得很好,如"爱国守法、明礼诚信"等,令人倍感欣慰。由此,我们更有理由相信:各级政府及部门、主流传媒、居委和乡村等,对道德规范建设是重视的,而且颇有成就。至于发生在"另类"身上的"不雅之举""缺德之事",那是"另类"的问题,是遵守与履行的问题。

笔者认为,当今民众的道德观和法律观主要有:"热爱祖国""遵纪守法""忠于职守""尊重人格""体现人道""体恤人情""保障人权""诚实信用""依法办事""照章纳税""孝敬父母""尊老爱幼""男女平等""夫妻相爱"

"邻里和睦""相濡以沫""生养死葬""有借有还""礼待朋友""礼尚往来""扶贫济困""欠债还钱""滴水之恩，涌泉相报""严于律己，宽以待人""君子爱财，取之有道""己所不欲，勿施于人"，等等。

许多有良知与正义感的人们都在为拯救"道德缺失"做着自己能力范围内的事！

笔者能够做的就是让更多人（包括有过不良民事行为的主体），了解民事行为的道德与法理属性；让有过一次或多次不良民事行为的民事主体再次"故技重演"时，不至于肆无忌惮、为所欲为。

三、道德与法律的关系

（一）对道德与法律关系的一般理解

其实，道德与法律的关系是明确的，但生活中仍有一些人并不十分清楚，尤其是它们之间的辩证关系。如二者的主要区别：产生的条件不同；表现的形式不同；调整的范围不同；权利、义务的内容不同；实行的机制不同，等等。再如二者的主要联系：法律可促进道德的有效传播；道德是法律的评价标准和推动力；道德与法律是可以相互渗透和转化，等等。还可以将道德与法律的关系理解为：道德与法律是相互配合的，如凡是法律禁止的行为，也是道德谴责的行为；道德与法律是相互补充的；道德与法律是相互促进的，如道德通过提高公民的素质和社会舆论的评价力来支持和保障法律的实施。背离道德基本原理的法律，将导致法理的指向偏移正确轨道，从而使法律作为解决"社会问题"的工具不能发挥应有的"工具作用"。因此，法律的制定和实行应遵从道德原理，符合马克思列宁主义的道德观。

（二）对法律权利义务与道德义务的理解

法律是以权利与义务为内容的，通常情况下，要求权利与义务对等。即人们常说的没有无权利的义务，也没有无义务的权利。道德则不同，道德义务就是付出，就是给予。道德只规定了义务，不要求权利，更别说权利与义务对等了。道德义务要求你将一名患病路人送往医院救治,却没有赋予你向病人主张报酬的权利。当你承诺捐款并实际兑现了承诺,这是捐款人道德品质的反映与体现,社会舆论应给予捐款人积极、肯定的道德评价。但是,捐款人却不能要求受捐人为其谋取不当利益。然而,生活中却有民事行为主体混淆道德义务与法律责任的区别与联系,这或许是因为无知,或许是其私欲极度膨胀所致……

曾有一个民事主体郑重地对笔者说:"捐款没有好处。"他还举例说明,某某为村自来水工程做出诸多贡献,但他的弟弟没有因此获取任何好处。若笔者真要捐款,就希望笔者向接受捐款单位提出一些条件。

听完该民事主体的"举例"与"希望"之后,笔者实感惭愧。笔者怎能附加如此"厚颜"的条件?笔者作为一名执业律师和"村民",完全清楚"捐款"一词的真正定义,更了解道德义务对笔者的要求,便将那令人惭愧的"希望"抛诸脑后了。

四、案例分析

从律师角度看,胜诉与败诉并不能说明什么。因为律师的职责是依法维护当事人的合法权益,并不是以"胜败论英雄"。但从当事人的角度分析,提起侵权类诉讼时,务必慎重,尽可能避免由于对民事行为的属性不了解而做出误判。原告或被告也许不太熟悉法律,更不知晓多少诉讼技巧,但切莫太漠视当今人们普遍认同与遵守的起码的道德观。比如诚实信用,这既是道德义务,也是法律原则的基本要求。下面就民事行为主体的"道德与法理"属性略作分析。

(一)

赖账骗毁债权书,道德沦丧天良灭,

恶行善法两相遇,败诉应是偷鸡人。

1. 案件简介

事情发生于 2002 年秋天。钟某与福某合伙经商,在经营过程中,双方的矛盾日渐增多，最终到了难以为继的程度。为了勉强维持双方之间的关系，经协商后，钟某退出合伙。钟某为合伙经商出资的15万元资金，由福某出具债权凭证给钟某，并限期归还。

然而，就在此后不久，方某（福某的妻子）以钟某退出合伙后，福某归还了部分欠款，原欠条应收回，并更换新欠条为由，骗取了钟某持有的15万元债权凭证。方某骗取钟某的债权凭证后，不仅没有更换新"欠条"，还立即销毁了原债权凭证。钟某因此大为愤怒，曾想用极端办法报复和维护权益，经询问笔者后，放弃了非法和危险之念。钟某失去债权凭证，就失去了向福某主张权利的依据。于是，他委托笔者调查取证，并提起诉讼，请求法院确认被告欠款事实。被告在答辩时，不仅否认债权凭证，否认毁灭债权凭证的事实，而且提起了反诉。

经一审、二审，法院支持了原告的请求，同时驳回了被告的反诉请求，使被告以极其恶劣的手段，企图逃避债务的目的没有实现，维护了原告的合法权益，维护了正常的经济秩序，被告最终落得个"偷鸡不成蚀把米"的结局。

2. 民事行为的道德与法理分析

笔者执业十几年，也见过一些欠账不还，被称为"老赖"的债务人，但手段如此卑劣的实属罕见。被告以更换债权凭证为由骗取原告持有的欠条，其实质就是通过卑劣的手段去实现"免除"债务的目的。这种"免除"债务的行为，从道德上分析，是与人们普遍认同与遵守的"欠债还钱"和"诚实信用"道德观格格不入的，为商业社会的人们最起码的道德观所不容，且评述如下：

不劳而获，人们称为"偷"；借钱不还，人们称为"赖"；

诈取钱财，人们称为"骗"；暴力掠财，人们称为"抢"。

根据笔者的理解与认识，被告的行为属性，虽可不称为"暴力掠财"，与"抢"和"偷"他人钱财的社会危害性相比也许略小些，但对商业道德的危害性，对人们渴望的"诚信"的危害性是致命的。如果被告的贪利之念，通过其销毁债权凭证的民事行为实现了，那么被伤害的一定不只一个原告。我们的社会，我们的社会主义市场经济的躯体与肌肤，就会有更多的伤痛与伤痕。

虽说被告的行为不是"暴力掠财"，但同"赖"与"骗"都相关联。被告如此卑劣的行为已经告诉人们，他们毫无道德与诚信可言。真可用"道德沦丧""丧尽天良"一类的词句来指责被告。

从法理上说，被告的行为与诈骗相类似。即被告以非法占有为目的，虚构或隐瞒事实（更换欠条），骗取原告的信任，使原告自愿将债权凭证交付给被告，从而导致原告失去了对债权凭证的控制。然后，被告将原告原持有的债权凭证销毁，并否认曾经出具过债权凭证给原告的事实，使原告丧失债权人的地位。

暂且不说法院如何认定事实，仅就证据而言，根据《民事诉讼法》的规定，并不具备立案条件，何以证明原告与被告之间存在债权债务关系？幸好此案发生在通讯较发达的年代，发生于法律较健全的时代。

（二）

遗弃房内存集邮，虚幻传说无凭据，
虽领补偿欲未满，求财无道法不助。

1. 案件简介

事情发生于 2003 年冬天。广东某地为了改善投资环境，加快经济建设，便对开发区周边环境和供水、排污设施等进行改造施工。这期间遇有一处被遗弃多年的临时建筑物（破旧平房，无土地使用权证，无房屋产权证，无报建手续）妨碍和影响着工程顺利进行。经多方寻找，未能与建筑物权益人取得联系。无奈之下，施工单位便聘请评估机构对建筑物进行评估，并在对房屋内的物品拍照和另行保管后，将该临时建筑物拆除了。此后不久，高某在得知该临时建筑物拆除后，向拆除单位主张补偿，并达成了协议。然而，当高某按补偿协议领取了补偿款和承诺"不再向拆迁办提出任何补偿要求"之后，高某又以拆迁单位侵权为由提起诉讼，要求被告赔偿其房屋内包括集邮本在内的财产损失四万余元。在法庭举证和调查阶段，笔者强调提出，原告高某没有提供证据证明包括集邮本在内的财产存放在遗弃的房屋内。特别是原告得知临时建筑物被拆除后,就向被告主张了权益,并与被告进行了充分的协商,双方已就房屋内的物品损失补偿事宜达成一致,即使高某在房屋内存放有包括集邮本在内的财产,也包括在已领取的补偿款内,不应另行补偿。

经一审、二审和再审,法院均认为原告高某"没有证据或证据不足",依法驳回了原告的全部诉讼请求。特别是再审时,法院认为:申请人"违反了诚实、信用原则",维持原判决。

2. 民事行为的道德与法理分析

原告高某的行为(起诉)不符合"君子爱财、取之有道"和"诚实信用"的道德要求。笔者虽然是被告的代理律师,参加了本案的一审、二审、再审和民事抗诉等多个程序的代理活动,一直认为原告的请求不仅没有证据支持,而且从道德和法理上也说不通。比如说,原告认为集邮本等一类物品是他的个人财产,存放在什么地方、存放多长时间是他个人的事,无须他人置喙。原告这一观点是错误的,因为从他提起侵权诉讼开始,就已经不单是集邮本存放一事了,而须由法院认定原告起诉被告的侵权事实曾经是否发生。如果侵权行为所指向的客体(集邮本)本来就不存在,或拆除临时建筑物时集邮本未存放于此,原告的诉讼请求就没有事实依据。然而,笔者也曾进行过多次换位思考:

如果笔者代理原告,如何说明集邮本这一便于携带的贵重物品,当年搬迁时没有随身携带一并搬走是合情的?

如果笔者代理原告,如何证明包括集邮本在内的财产存放在空无一人的临时建筑物内,而且长达数年之久是合理的?

如果笔者代理原告,如何说明按补偿协议领取了补款和承诺"不再向拆迁办提出任何补偿要求"之后,再以侵权为由提起诉讼是正当的?

笔者思考再三,还是认为原告不能自圆其说。

其实,法院不太可能支持这类没有证据证明的侵权诉讼,正如再审法院判词所指出的那样:"申请人违反了诚实、信用原则",维持原判决。

原告高某的行为（起诉）不符合主张赔偿要有合法依据的法理要求。尽管当时还没有实施《侵权责任法》，但向法院起诉，要求被告承担侵权责任，必须具备两个条件，即要有事实依据和法律依据。这些早在《民法通则》《民事诉讼法》中就有规定。然而，原告从一审、二审、再审和抗诉阶段，均没有据证证明包括集邮本在内的财产存放于空无一人的临时建筑物内，且长达数年之久。特别是原告领取了补偿款和承诺"不再向拆迁办提出任何补偿要求"之后，再向被告提出侵权赔偿没有法律依据。法院之所以没有支持原告的诉讼请求，是因为以下两点：一是原告没有证据证明其诉讼请求；二是原告"违反了诚实、信用原则"。

（三）

虚假委托原为财，见利忘义商无信，

索利未成诉讼起，假到真时假仍假。

1. 案情简介

事情发生于2004年冬，英某从某拍卖公司拍得商铺若干间后，将商铺转让给金某等人。由于转让次数与税费相关联，英某便与金某等人协商，并达成一致，变两次过户为一次过户，即由金某等人分别出具一套假的委托手续给英某，英某由原来的商铺买受人变为受委托人，也就是受金某等人的委托去拍卖公司参加竞拍的人。商铺于是由委托拍卖人（委托拍卖公司拍卖的业主）直接过户到金某等人的名下，省去了先过户登记到英某名下这一中间环节，也就节省了一次过户的税费。

由于节省下来的过户税费额十分可观，金某等人便见利忘信，不按原约定支付商铺转让价款，要求按拍卖公司竞拍成交价支付商铺转让价款，再加一定的手续费。英某断然不能同意金某等人的意见。经多次协商未果，金某等人便向法院提起诉讼，请求法院确认金某等人委托英某的委托行为有效，并按拍卖成交价支付商铺转让价款。

经一审、二审，法院均认为原告金某等人"证据不足"，依法驳回了原告的全部诉讼请求。特别是二审法院认为，金某等人"违反了诚实、信用原则"。

2. 民事行为的道德与法理分析

原告金某等人的行为（提起诉讼）不符合"君子爱财、取之有道"和"诚实信用"的道德要求。笔者是被告的代理律师，参加了本案的一审和二审的诉讼代理活动。维护当事人的合法权益是律师的职责要求。但是，法院是否采纳被告的答辩意见和笔者的代理意见，还是要依靠证据的证明力和法官的判断。经笔者向拍卖公司调查得知，金某等人所谓的委托竞买手续，实际上是在英某参与拍卖成交后，为了避税而出具的一套假委托手续。即在办理所有权过户登记过程中，为了减少税费而由金某等人出具给英某的假委托（注：因为诉讼，纳税人所谓的避税愿望并未现实，并依法补交了税款）。因为这一假委托拍卖手续的实行需要拍卖公司配合，可以说拍卖公司是此案的重要知情人。

拍卖公司的证言陈述：委托书是在拍卖成交后才交给拍卖公司的，目的是减少过户环节……英某是拍卖成交确认书的买受人，金某等人则是在英某拍卖成交之后新发生和建立的买卖关系……

有了笔者的调查笔录、拍卖公司的证言和其他证据支持（如英某拍卖成交后，英某与金某等人分别签订的《房屋买卖合同》，并支付了部分房款等），笔者认为，原告的诉讼请求不仅没有证据支持，且从道德与法理上均不能阐明金某等人的诉讼请求具有合理性与正当性，法院应该驳回原告的诉讼请求。

然而，金某等人既然提起了诉讼，且聘请了代理人参与诉讼，按一般理解，总有其理由，在法庭调查和辩论中真有几分"来者不善"之势。但是，由于原告的诉讼请求没有充分的证据支持，仅凭几句声高的歪理，是不能说服法官的。

从道德上说，本案自第一次开庭之后，笔者就真切地感到金某等人已将"言而有信"的道德规范抛弃了。因为原告、被告都十分清楚，为了各自的利益，双方已先签订了《房屋买卖合同》，原告也履行了部分合同义务（支付房款）；之后，为了减少交易费用，经协商，双方又签订了《委托书》（为了变两次交易为一次交易），同时得到拍卖公司的配合。双方争议的焦点只有一个：委托合同关系与房屋买卖关系，哪个是他们之间真实存在的法律关系。通俗地说，双方争议的就是一句话，即《委托书》与《房屋买卖合同》，哪份是他们的真实意思表示。

尽管笔者对原告起诉行为的道德属性有了认识与判断，但如果没有生效法律文书的认定，笔者的认识是不足以作为凭据的，而且人们也不能就金某等人的起诉行为做出明确的道德评判与反映。因此，一个成功的判例，特别是与广大民众生活息息相关的判例，就是一次生动有力的道德与法的教育课。

原告金某等人的行为（提起诉讼）不符合主张确认之诉要有事实依据的法理要求。原告所提起的诉讼，实际上就是确认之诉，即请求法院确认其出具给英某的《委托书》所载明的委托关系成立。就本案而言，原告所主张的是其与被告的委托合同关系，即原告委托被告去拍卖公司参与商铺的竞买，被告的身份是代理人，如果竞买成功，原告就是商铺的买受人。原告这一诉讼主张是否有事实依据？其提供给法院的《委托书》能否充分证明原告与被告之间的委托关系依法成立？即拍卖成交确认书上的买受人应是原告，而不应该是被告。很显然，一审和二审法院均认为原告提交给法院的《委托书》只是一份孤证，它不能对抗被告提交给法院的《拍卖成交确认书》、《房屋买卖合同》、"购房款支付凭证"、"律师调查笔录"和"证人证言"等一套完整的、能形成证据链的证据。

其实，一份孤立的《委托书》远不能证明原告与被告之间存在真实的委托合同关系；而《拍卖成交确认书》《房屋买卖合同》和"购房款支付凭证"等多份证据却能充分证明原告与被告具备房屋买卖关系。但是，作为诉讼主体的双方，心中早就晓得委托关系是假，买卖关系是真。只是在利益的诱导下，原告抛弃了当时的"口头约定"，希望这一假委托通过诉讼变成真委托，从而实现利益最大化。

五、结束语

对民事行为的道德与法理属性进行分析，就个案而言，并不十分困难，特别是民事行为经过诉讼程序之后，原告、被告的争议会随着法庭调查的深入而逐渐集中，并形成焦点。除个别受教育程度较低的诉讼主体外，绝大多数诉讼主体即使对法理的认识与理解存在偏差，但对道德，特别是对当今民众普遍认同与遵守的道德观、道德规范的理解，几乎没有差异。因此，法院判决后，尤其是下达了法理分析全面而深刻的判决书后，诉讼主体大都知道其因何败诉。但是，未经过诉讼程序（含不必经过诉讼程序）的争议，民事行为主体未必知道其无理，更有甚者明知无理也想"闹"三分。本文就是试图在诉讼之前或诉讼之外，通过对民事行为的道德与法理分析，判断民事行为的道德与法理属性。

我们可以从道德与法理上去分析民事行为的属性，但某些民事主体的行为也许超出了道德与法律范畴，与其心理和心态等精神因素紧密相关。本文一阵笔墨之后，原本的怪象也许并不因此而"销声匿迹"；那些遇"义务就哭穷"、见"责任就逃避"的声音与事例，可能依旧困扰着人们。倘若如此，也属意料之中。但笔者相信，一定会有更多的善良的人们，在初步了解与掌握了"民事行为的道德与法理分析"方法之后，会逐步提高识别"另类"的能力。

本文就此画上了句号，但笔者与读者一样，评"恶"扬"善"的道义没有终止，且任重道远。本文"虽不能至，然心向往之"。

2010 年 10 月 6 日于广东韶关

（发表于《法制与社会》2011 年第 3 期）

总有一种力量让我赞叹！
——记钟俊文"进村居"二三事

钟俊文，广东宜方律师事务所执业律师，中共广东宜方律师事务所党支部党员，我的小同事。通常，我称其为"小钟"。小钟，20多岁的小伙子；何止是年龄小点，就其入党时间与执业经验而言，也有几分明显的"稚嫩"。然而，这丝毫不影响我这入党40年，执业20多个春秋，而且还年近"花甲"的党员律师对小钟同志表示由衷的赞叹。

有感而发，没有代沟；用心赞赏，不求完美！

《党旗飘飘——我身边的优秀党员》征文活动开始了，也就给了我赞叹、直抒观感的机会。

于是，我的征文题目是：总有一种力量让我赞叹！

那是2015年的初春，韶关的早晨还有几分浓浓的冬意。热爱晨练的人们陆续来到江边。有的打着太极，有的舞起双剑，还有几对青年男女看似在跑步，实则是在展示他们的青春与活力。而小钟却在冬意江风的吹打下，早上七点三十分就准时到达了上车地点：北江中路15号（南郊三千米）。

"吴律师，早上好！"小钟礼貌地打着招呼，随后便上了我的汽车，并问今天去哪几个村。我告知先去洛阳镇的月坪。

月坪，乳源瑶族自治县辖内的一个行政村，与韶关市区的距离约106千米，自驾行程约2小时20分。路况虽说尚好，但过了乳源县城之后就是山路。山路十八弯，坡陡、盘旋、颠簸、弯急。也许是第一次吧，当汽车行驶了一个多小时，距离超过一半的时候，小钟的身体已倍感不适，随后便剧烈地呕吐。我便询问他是否可以坚持，他肯定地说："与村主任约好了，今天上午十点之前要到达月坪，有村民在等，我能够坚持！"

为了等候着的村民，虽无感人之语，却也有赞叹的理由！

那是2016年的深秋，粤北大地似乎处处是美景。喜欢秋游的男男女女三五成群，有去南雄赏银杏叶的，有去大唐看花海的，还有到广东屋脊——天井山森林公园登山的，好不风流与惬意。

小钟，他原本也与几个朋友约好一同到南雄观赏银杏叶的。可就在出发的前一天，被紧急叫停，安排他去"村居"调解一宗林木纠纷。

秋游被叫停了，从去观赏银杏叶，到上山查看现场，其心里究竟是什么滋味，到底有多大的落差，也许只有小钟他本人才能知晓……

"秋游机会多，今年错过了，还有明年、后年……村民的纠纷要是因为我们律师没有及时调查、了解，延误了最好的调解时机，就是大事了。这道理小钟你一定是清楚的。"我说完，小钟也欣然地点了点头。

第二天一早，小钟高兴地开着汽车去了洛阳镇。

为了被纠纷困扰的村民，虽无丰功，却也有赞叹的理由！

那是2017年的盛夏，乳源县城的空气中似乎夹带了火星，异常燥热、难耐；平日里就有些不冷静的人，此时更具异动。

2017年7月的某一天，洛阳镇政府收到了一纸诉状和开庭传票。镇政府被起诉了。钟俊文律师接受镇政府的委托，草拟民事答辩状，就原告的诉讼请求与事实理由，提出了三条事实清楚、说理充分和引用法条具体的答辩意见，并出庭代理诉讼。

不久前，一审宣判了。钟俊文等代理律师提出的三条答辩意见全部被法院采纳，原告的诉讼请求全部被法院驳回，且原告没有提出上诉，洛阳镇政府胜诉了！

钟俊文，一名普通的党员律师，他做到了兢兢业业，任劳任怨，虽无惊世之举，却也有赞叹的理由！

2017年8月20日

（选自《宜方故事》，团结出版社，2020年10月）

但愿唤起你的回忆

合伙人早几年就提议,选个"吉日良辰",与同事们一道出去走走,看看风景。但不知因何,这个"吉日良辰"总是选而不定,议而不决。于是,笔者便产生了"吉日良辰"是那么那么遥远的感觉,但又深切地感受到这一天就在脚下,就在明天……

虽说此前几次零星的"快餐游",也可略解"走出家门"、走出广东之"渴",但与这次几乎"倾所而出"的柬越游相比较,零星的"快餐游",充其量也只能算是"孤游"了。

其实,"吉日良辰"就在宜方同事的心中;就在与同事、同游"寻欢作乐",与蛇为伴的日子里!记得那天"雷公"短暂失联,有人惆怅,有人担忧,还有人陡生几分"嫉妒"……

正可谓被人惦记、被人牵挂、被人唠叨也是一种幸福。

昨天,有一位朋友漫不经心地问,吴律师到柬埔寨、越南看到了什么?起初没有想,也就没有作答。随后想了想,觉得问得精确!看到了什么?看到的就是我们曾经拥有,而现在少有的蓝天!

短暂柬越游,要不是美金、人民币与瑞尔、越南盾来回换算弄得有点晕,还真有点"乐不思归"了。而最让我难忘的是那"片片蓝天朵朵云",以及富有韵意的异域女子。但愿此文能唤起你的回忆!

2015年12月5日

(选自《宜方故事》,团结出版社,2020年10月)

岁月兮兮

> 岁月兮兮莫言老，
> 百年宜方十八春。
> 是非功过谁评说，
> 沧海一笑总有时。

辞去了宜方所主任之后，终于等来了引首以望的那一天，并顺利实现了交班！

那一天，我异常兴奋，酷似经过了漫长的海上颠簸旅途之后的渔夫，这艘在海洋上漂泊了多日的孤帆，总算平安到达了安全的港湾。那种"靠岸了"的安全感，可以说是从全身皮肤的每一个毛孔中呼喊出来的感觉与感受：从此，不再提心吊胆了！

那一天，笔者才真正晓得了"负责任""有担当""无官一身轻"意味着什么！

那一天，如履薄冰的日子，终于结束了。

于是，触景生情，有感而发，便写了这首《岁月兮兮》，算是对自己近十年的工作小结吧。

然而，这如履薄冰的日子，仅仅是笔者的个人感受而已，没有代表性。

远去的时间肯定是永远地远去了，但与这一时间同时发生的事情未必随之远去，有些事甚至被"刻"在某一历史轴线上，还时而浮现在眼前，历历在目，似乎并没有随着时间的流逝而淡出记忆。

小时候，常听到老人家说，虽说某一件事情过去了十几年，或几十年，但现在回想起来，仍像是昨天发生的事情一样，清晰可见。当时，很难理解这句话，现在就太容易理解了。

为了筹备笔者个人"我爱你，圣洁的律师袍"这项活动，在电脑中意外重遇了这首《岁月兮兮》，便再读了几遍，除了觉得还有那么点"文味"之外，这篇写在三四年前的"交班感言"，似乎也有几分预见性：

　　痴汉愚夫时时醒，

　　物是人非两茫茫。

　　虽然难觅初情物，

　　却遇岭南好时光。

《岁月兮兮》，是笔者写在三四年前的一篇"交班感言"，相当于一篇"交班笔记"，真实地记录了笔者当时的心境，现将其编入《律道》，也算是还原了"生活"吧。倘若"生活欺骗了你"，时间早晚会还你"真相"！

2022年初夏

沉吟与咆哮

有人说，沉吟就是没有态度或态度不明；那么，咆哮才算得上是有态度或态度明朗吗？

其实，沉吟与咆哮都是态度，只是表达方式不同罢了；或者是面对不同的时空与对象，采取不同的表达方式而已。

沉吟，还有沉默，或许就是智慧与技巧的表现。

此类事例，在现实生活里，在律师业务中屡见不鲜。

呐喊，一定源于不公，源于伤害，源于维持如同生命的尊严；

而面对呐喊，有人选择倾听，有人选择装聋作哑；

还有人则是执迷不悟或略带几分疯狂！

然而，装昔装今，且看还能装多久？

律师手中的笔，最初也许是为了生活而起落；

作者手中的笔，原来可能是为了人生价值而左右；

渐渐地发现，"最初"与"原来"并不是全部；

代书也罢，撰写也好，其实只是为了"尊严"！

尊严，与生俱来，生生不息，亡而不灭！

对此，有人不解，有人不懂，也许还有人不信；

其实，"三不"之人虽不是凤毛麟角，却也不是什么稀罕之物，不相信有或无须尊严者，便只有执迷于物欲、情欢，也就只能喃喃自语：

尊严，是何物？尊严，算什么？

有人视尊严为生命，也有人拿尊严当筹码；
也许有人会问，尊严有价吗？
吴律师悄悄告诉你：
倘若尊严有价，一定因你的态度、自重而涨跌！

爱沉吟，也爱沉默，还爱必要的咆哮；
它们没有优劣之分，只有表达方式的不同；
律师，只有一种执念，那就是为了尊严；
我爱生命，更爱圣洁的律师袍！

2022 年 9 月

出差归来

出差，对律师而言，太经常，太自然了，甚至可以说，一个不经常出差的律师对此是不可思议的。于是，抱怨就来了：酒店、宾馆是你经常去的"家"，而这个家才是你歇脚的"酒店"！

现实就是如此，笔者被抱怨得"心悦诚服"。

出差是经常的，自然的，"出差归来"又有什么新鲜的？

不久之前，笔者有幸与一位妙龄女子出差，一趟平常的公务。可在回韶关的途中，她的表现却给我留下了深刻的印象。这"印象"让我难以释怀，还有与同行、朋友分享这一"印象"的强烈愿望；于是便有了撰写此文的冲动……

"吴律师，让他开车到高铁站来接我们吧。"她看了看我，并习惯性地用食指尖推了推那黑色的眼镜框，深思熟虑地说。

"好哇，让你费心了。"我客气地说。

……

"吴律师，天气预报原来说，今天韶关天气不好，要下大雨。现在没有下雨，还出了太阳。如果他没有到高铁站来，我们就坐公交车回去，可以吗？"

同行女子似乎在询问我的意见。

"没问题，公交车很方便。"

我毫不犹豫地回复了同行女子。

说完，我便用余光瞄了同行女子的手机，她似乎在用微信得意地告诉他：吴律师说可以坐公交车，你就不要来高铁站了。

"这女子啊，你可以，太可以了！

"你的数学成绩一定是年级前三名,即便那位数学老师是学体育的,也不影响你的数学成绩——精确极了!只可惜,如此处理人际关系,你这数学'高才生'……

"一个小小的拉包,内有几件替换衣服,提着它上下车并不费事,坐公交车当然没问题,每个正常人都可以这样判断。

"然而,这种判断一定是机械的,有时甚至是'灾难性'的……

"长此以往,若能取得骄人成就,也许是天上掉下来的……"

我说了那句"没问题,公交车很方便"之后,再看到同行女子那几分得意的表情,心中不禁想了许多,也想了许久,甚至想到生活是否需要这种"高才生""精算师"?

"……各位旅客,韶关站快到了,请在韶关站下车的旅客准备下车了……"高铁上的喇叭里传出了女播音员优美的声音。

"吴律师,我想还是让他开车到高铁站来接我们吧,他已经开车出门了。"

同行女子表情凝重地对我说。

"就这么点小事,接与不接,本身并没有什么要紧的,你反复几次,犹豫几回。这种情形,我肯定不会认为你是在慎重考虑。作为一个为客户提供专业服务的专业人员,你却如此当断不断,犹豫不决,将带来什么后果?莫明其妙的犹豫与反复,有谁能相信你有判断能力?"

我很不客气地数落了同行女子一通。

"是,是他说不来接你很不合适。"

同行女子见我生气了,便急忙解释说。

"他说,他说,那就好!如果你们俩都是'精算师',那可就麻烦了……"我虽然还在生气,当知道"他"的情商比同行女子高了许多时,也就有了几分莫名的宽慰。

走出高铁站,一眼就看见了他:中等身材,打理得十分精致,满面春风,目光灼热,再配上那件蓝色的短袖衬衫,精神极了,心想同行女子有福气!

也许是我想多了,多虑了。

他们的生活本来就是如此,没有也许……祝福他们!

2017 年初夏

那些淡淡的记忆

有人说，不轻易忘记往事的人，生活得一定很累。我似乎赞同这种说法。可我也常想，若是容易忘记过去，特别是忘却了那些曾经让自己心动或刻骨铭心的往事，生活虽然不累了，可那种轻松的生活，是否会有几分轻率或轻浮呢！

于是，倘若可以，且能够选择，我宁可选择"很累"的生活。

其实，没有谁能够预料在他漫长的人生路上将发生什么事、遇见什么人，但人们却能够把握对发生的事、遇见的人持有何种心境与态度。

这里所说的心境，是指内心深处真真切切的感受；而态度则是说外在表现，包括言行举止、眉宇神情。这里所说的态度，就是指能够被外界（其他人）感知，且可能引起外界（其他人）做出某种评判或议论的状态。

当然，这种评判或议论也许不是公开的、直接的。

生活，本来就应如此。倘若发生的事、遇见的人被自己或他人忘却了，淡漠了，那就让其成为过去吧；如果"总是在梦里缠绕"，久久不能释怀，那也不必强行"驱逐"，应顺其自然，并静静地感受这份生活，哪怕这份生活是沉甸甸的！

……

十多年前，他来了，静悄悄地来了。正如一位老朋友向我介绍他时所言：他机灵、勤奋，有点个性。不过，已经要求他来了之后务必低调，不张扬。的确如此，如果我不是"核心人物"之一，几乎没有人注意到他的"光临"。

然而，我却在多次的不经意中，反复注视了他：身材匀称，步态矫健；鼻梁上那副无边框、款式新颖的近视眼镜，除了弥补、矫正视力之外，还为其"国字形"的脸庞增添了几分秀色。

他，三十岁左右，这般英俊的小伙，身上每个细胞都充满了活力，未来一定是如歌的岁月！

……

现在回想起来，不知道是他来了之后的多长时间，也不记得是在什么时候，也许如同歌词所唱的那样——大约在冬季吧；有位好朋友在餐席间客气地说："发哥，我那位校友，小师弟也在你们单位，有机会多帮帮，帮他克服那个脾气……"

听后，我只是淡淡一笑，并随手端起酒杯，朝这位好朋友示意，两人共饮了杯中酒。之后，我往两个空杯盛满了酒，不紧不慢地说："脾气为什么要克服呢？常言道，江山易改，本性难移。'脾气'能克服吗？依我看，适则生存，适则发展；表达意见，略带一些个人情绪，也许就是说话风格不同罢了，不违规就不便干预太多……"

在这次无意间的闲谈之后，我也开始关注他的脾气，以及同行、同事和公职人员对他的态度。平心而论，在很长一段时间，我不认为他那所谓的脾气算得了什么，更谈不上过错。直到有一天，我目睹了他对长辈动怒，且扬言动手时，我被震惊了，几乎不敢相信眼前这场景是真的！

后来听说，当时事出有因，他的长辈也原谅了他。

是啊，他的长辈都原谅了，我们这些局外人还在纠缠那些陈年旧事干什么!

……

2015 年深秋，应一位多年好友邀请，众人兴高采烈地于周末相约小聚。晚饭后，有三五成群打牌的，也有零星几位在房间看电视的，而他则约我去散步。

晚饭后散步，是我的最爱，尤其是在满天星斗映照下的国家级自然保护区。可没走几步，他便示意我俩在休闲椅上就座。之后，便叙述起他心中的若干苦闷与不快……

他如竹筒倒豆一般倾诉，真让我有些意外了；但更让我倍感意外的是他后来近二十分钟里竟声泪俱下！

有言道，男儿有泪不轻弹，只是未到伤心处。那么他，到了不惑之年的他，究竟遇上了多少伤心事呢？

人们常说，家家都有本难念的经，而他这本"经"，是缘于他对家事、同事、朋友事的"过度关注"……

我不知道如何宽慰他；因为他所纠结的、哭泣的、倾诉的是他无法解决，也可能是无须解决的。比如长辈之间的那些事，又比如同事之间的那些事，再比如朋友之间的那些事，如此之类。

月光被浓密的树林遮挡了，凭经验，我还是给他递了纸巾。

停止了倾诉，也没有了哭泣，我便尝试着宽慰他，可又不知从何说起。此时，我忽然想起了挂在自己办公室里的那几句话：

芸芸众生匆匆过，难寻甲乙泪沾襟；伸指舍弃掌中欲……

思路有了，并以此为思想基础，便打算试试……

谁都知道我们这行业的案源，且不说是不是财源，至少可以说是生存、生活之源。他将有限的案源与同事分享，不是一件容易的事。如果不是"5·18"和"6·12"两次风波的冲击与影响，我认为他是纯粹的，非"利己"的。然而，那两番对众人的表白，彻底颠覆了我此前关于他的认知与判断。

他如此这般，除了"自残""自损"之外，就是将一盆凉水直接浇灌在我的头上。

大概是在"6·12"风波之后的三四天时间，我收到一条不知来历的短信：

"道德是用来约束自己的，一旦用来指责和强迫他人，那就变了味。我们可以谴责一个做坏事的人，但无权谴责没有做好事的人。"

当时，我真想将上述短信转发到"工作群"，让同事看一看，想一想；并请同事讨论一番，看能否就短信中提出的"命题"达成共识；更希望发短信的人能给我一个合理的解释。但我思考再三，没有这样做。

虽然不确定这条短信的作者是谁，但我可以肯定地说，这位朋友一定知道我们这里当时发生了什么事。因为这条短信不仅具有明确的针对性，而且写得有水平。我心里十分感谢这位朋友，也希望知晓短信作者的同事能转达我的谢意。

……

之后不久，他别无选择地去了别处……

他去了他该去的地方，而我那莫名的"念旧"感却挥之不去；未曾想，他留给我的感受与认知竟然是如此的"冰火两重天"……

2017 年冬

只有自律，方为律师！

常言道，自律的人不一定优秀，但优秀的人一定自律。

律师，这个群体当然是优秀的。

自律，是律师最起码的要求，于是，便有了"只有自律，方为律师"之说。

律师，的确是个特殊的职业，有解人之困、救人之难的一面；这一点有几分像医师，是"医者"，有"仁心"。但律师的服务对象总是相对的少数人，与医师又有许多的不同和区别，毕竟生病几乎是与生俱来的，没有人能一直不生病，也就没有终身不去医院求医问药的"神人"，却有一辈子不认识律师、不找律师的人。

律师，的确是个特殊的职业，或被不当利益所影响，或受别的什么因素干预，有"乘人之危""趁火打劫"的可能性。于是，常态化加强对律师的职业教育与培养，就显得十分必要和重要了。

律师，的确是个特殊的职业，他既是当事人与法官、检察官等公职人员联系的桥梁，又肩负着维护当事人合法权益、保证法律正确实施的使命。因此，不能将律师简单、机械地理解为"自由职业者"。

然而，无论行业党组织、司法行政机关和律师协会等如何重视、加强教育，适时进行专项整顿或综合治理，都不能代替律师个人的自律教育和养成。

何为自律？有位长者曾经用朴实的语言告诉我，你未必是某一群体的组织者、管理者，更不是引路人，没有什么人和事需要你来管理，但你必须依法守纪，自觉地管好自己，并葆有心中那份良知。这就是自律。

说得文雅一点，自律就是仰不愧苍天，俯不愧他人，内不愧良心，自觉地遵纪守法，按执业规范操作。

其实，自律还是一名执业律师综合素质的体现；自律不是空谈，也不能是空谈。一位合格的、优秀的律师，一定是自律的律师，也一定是倍受尊敬的律师。

这次律师专项整治教育活动，也应该是律师的自律教育培养活动。

2021 年 3 月

结·劫

【内容简介】

　　海川公司，一家典型的家族企业，由龚怀在其经营了多年的海川商贸经营部的基础上，注册为有限责任公司；股东由龚氏五同胞组成，包括龚怀、龚二、龚艳和另外两个龚氏兄弟。海川公司鼎盛时期，净资产高达八千万元以上。可惜，好景不长。龚怀与他的同胞，不仅没能走出"可以共患难，但不能同富贵"的怪圈，还深深地陷入了"共事时难别更难"的旋涡之中。传统思想中那种"好说好散"的分家模式，对海川公司，对龚氏同胞而言，既不能好"说"，更不能好"散"。海川公司，龚氏家族的分家——真如同登天一般，最终只能通过诉讼解散公司，并强制清算。

　　《结·劫》是一篇文学作品。作者以文学作品的形式，讲述龚怀与他的同胞为了钱而兴办实业，而当他们的实业由小到大，生活渐渐富足，净资产高达八千万元以上时，人祸或者说是人的"腐朽性"便逐渐浸入了海川公司，浸入了龚式家族。

　　也许是因为情，但更多的则是为了钱，还有文化、家庭观念等的冲突，龚怀与他的同胞走上了法庭……

　　龚怀与他的同胞都高喊着"情"，却走上了与"情"决裂的诉讼路……

【主要人物简介】

　　龚怀，男，65岁，岭南人，海川公司的创始人、股东，龚家的长子。龚怀个子不高，其貌不扬，虽已年过花甲，但身体健康，精力充沛，待人接物讲究，脸上常常挂着笑容。

龚怀太相信钱的"威力"与作用，他认为"人为财死，鸟为食亡"是颠扑不破的真理，似乎人来到这世间，就是因为钱。然而，生活却常常告诉他另外的事实："求财千条路，处处是归程。"

龚二，男，49岁，岭南人，海川公司的股东，龚家的次子。龚二除了是海川公司的股东之外，自己还经营着一家汽车租赁公司。关于龚二的为人与个性，曾有人用"粪坑里的石头"来形容，就是既臭又硬。

龚艳，女，岭南人，45岁，海川公司的股东，龚家的宝贝女儿。人们常说，最毒妇人心。如果将这句话推而广之，肯定是错误的；但用这句话来形容、概括龚艳，则是恰如其分的。

童律师，男，谊方律师事务所执业律师。

布小丁，男，谊方律师事务所执业律师，也是童律师的徒弟。

一

"……龚怀，现在的形势很清楚，我的分量你也很清楚。再说，我也想分家，不与你们合作了。那些多余的话就不说了，念着你是老大的情分上，给你一点面子和优惠，一口价，就1000万元，三天内先付900万元，另外100万元30天内付清给我。答应我的条件，我和你们两个合作，占股权的60%，你们两个就赢了；不答应，你们两个只有40%，我与他们合作也是60%，你们两个就输了。这个你一定清楚，我反正是稳赢的。顺便告诉你一声，他们很会做，给我的条件是很优惠的，这个你懂的。你千万不要再笨了，千万不要再被他们两个估算准了，言中了，骂中了……"

龚艳，她在电话那边毫不客气地直呼"龚怀"，并直接开出了投票支持龚怀解散公司的价格。龚艳，她心中只有钱了，完全没有把这位60多岁的同胞长兄看在眼里。

龚怀，一边听着龚艳的电话，并不时地哼上一两声，一边得意地玩弄着手中的"橄榄光珠",心里却在想:龚艳啊,龚艳,你这个疯婆,想钱真是想疯了。龚艳,你这个白痴,还在用老眼光来看待我龚怀,那就大错特错了。童律师早就告诉我:确实协商不成,不能"好说好散",就按《分家方案》的相关步骤进行,通过诉讼解散公司。我龚怀根本不需要你龚艳的支持。

"1000万元?光天化日之下,你龚艳这是在抢劫,明目张胆地'劫'!"龚怀狠狠地回了龚艳一句,便挂了电话。

"劫"!这个"劫"字,龚艳听得清清楚楚。然而,她不清楚的是龚怀从哪儿寻来的底气,才有了今天的态度。难道说,他不懂现在的股权结构形势?我这20%往哪边站,哪边就赢,另一边就输。这个草包,这个草包一样的龚怀就不怕输?没有我龚艳股权份额的支持,他能"好说好散"地分了这个"千疮百孔"的家?能解散公司?他龚怀能赢?

龚怀挂了电话之后,那个"劫"字在龚艳的耳边回响了许久。龚艳顿感龚怀变了,变得她龚艳似乎不认识了。此时的龚艳,满脑子的问题,满脑子的问号,久思不得其解……

后来还是龚艳的丈夫提醒她说:"你们几个都骂龚怀是笨蛋,是草包,其实他不笨的。他彻底改变态度,肯定是请了高人,请律师给他出了什么主意,才敢这样对你说话。他的底气一定来源于高人,律师的意见。"

二

"小布,准备一下,我们去龚总那儿。"

"好,那我今天上午就不安排别的事了。"布小丁说完,这师徒俩不由得会心一笑。

"龚总这回可能是铁了心,解散公司诉讼应该是不变了。"童律师对同车的布小丁说。

"童律师,您对龚总太了解了。"布小丁说。

……

"童律师,布律师,你们来啦,请坐。"龚怀对应约而来的两位律师说。

龚怀，个子不高，其貌不扬，虽已年过六十，但身体硬朗，每次见到童律师和布小丁时，脸上常常挂着笑容。布小丁曾为第一次见面时他的淡然所打动：钱，没有了，再赚；公司，没有了，重新来。

"这次请你们过来，还是为了公司解散的事。"龚怀淡淡地说道，却不料，眉头那浅浅一皱出卖了他的内心。

说到龚怀的公司，几年前在岭南市也算首屈一指：数千万元的净资产，国际知名品牌的地区总代理，在这个三线城市，是绝对的排头兵，令人艳羡。

说到这家公司，龚怀常自豪地说起：1984年，他25岁，正值少年壮志。作为家中长子，龚怀早已在外摸爬打滚多年。带着几年的积蓄，龚怀成立了海川商贸经营部，经营着各类小家电。这年，龚二高中毕业，跟着龚怀打点下手。龚氏其他三人自是在家分别读着初中、小学，不时受着兄长的照顾。伴着改革开放的春风，龚怀的经营部越做越大。几年后，经营部已经不能满足发展的需要。跟随时代的脚步，龚怀成立了海川公司，并一举拿下了家电市场里最大品牌的地区总代理。此时，龚怀是海川公司最大的股东，拥有公司90%的股权，龚二拥有公司10%的股权。

"童律师啊，是不是真的除了起诉解散公司，就别无他法呢？"布小丁听龚怀问道，见怪不怪，心里自然而然地就算起，这应该是龚怀第四？第五？还是记不清的第几次纠结起公司解散的事来了。

"龚总，你说说这几年来，我们协助你提出的这么多方案，哪一个方案对方接受？"童律师不客气地反问道。

童律师的一针见血换来了短暂的沉默。顿了顿、缓了缓口气，童律师继续说道："龚总啊，你我相识这么多年了。作为律师，我从一开始就给了不同方案，也希望你们和解。我想这是最符合你心愿的，也是最简单、有利的。但事情发展到现在，你还寄希望还奢望能和解吗？不客气地说，你和他们之间已经是水火不容了。这时候，你还要纠结吗？除非你不想解决，就维持现状，公司盈也罢，亏也罢，你都放手，真正地淡了。否则，唯一能做的，就是走法律程序。我们只能相信法律，依靠法律。"这就是律师们的分析。

龚怀不禁陷入了回忆与沉思……

五年前，龚怀因为法律问题步进了童律师的办公室，说起了海川公司，龚氏家族分家的事。

海川公司，股权几经变化，龚氏五人分别享有公司各20%的股权。然而，这龚氏五人又切切实实分成了两派，龚怀和老四两人一派，龚二和龚艳等三人是另一派。家族纷争已多年，两派谁也不服谁。不过，龚艳与龚二、龚三他们两个的结合是松散的，龚艳时常在处于两派的兄弟四个之间寻找她的利益最大化。

龚怀诉说着近十年来龚氏五人的"爱恨情仇"，是家务事那样的琐碎，又是商场那样的刀光剑影。龚怀，想着分家就能解决一切，却又放不下那苦心经营半辈子的事业；想着父母、同胞间的情谊，却又放不下龚二他们的所作所为。

"童律师，我们公司五个股东，老二仗着和老三、龚艳一起，占了公司60%的股权，完全无视我和老四。他们做出的决议也完全不经我们同意。这几年来，他们私下不知侵吞了公司多少资产。我念着是一母同胞，不愿意和他们打官司，但也不能就任由他们胡作非为。现在就想分家，各做各事，不想继续纠合在一起了……"

童律师寻思着，这次要解的恐怕不仅仅是公司这个"结"，还有龚怀心中那颗"结"。

"龚总，你看看，这是我们代你起草的《分家建议稿》。"童律师吩咐布小丁拿出费时多日写成的《分家建议稿》。

这份三章六节、字符过万的《分家建议稿》得到龚怀的肯定与好评，后来被龚氏亲戚朋友称为"分家万言书"。

三

"……龚家五人是海川公司的共同股东，鉴于五人近期对公司继续经营与否，发生了不可调和的分歧，本人在悉心听取了父母及亲朋对该问题的看法，对有关情况有了比较全面的了解，综合考虑、全面权衡利弊之后认为，应该根据'整体转让、自由竞价、价高者得'的原则进行分家，具体理由如下：第一，分家的理由与步骤……"

龚怀看着《分家建议稿》，想着多年来的心思总算可以释怀了，心中那份轻松、愉悦难以言表："谢谢你，童律师。这正是我所想的。谢谢你们，辛苦了！"

龚怀眼前仿佛明亮了许多：原来我可以如此这般。

想着，说着，轻松地闲聊着，并在童律师的陪同下，龚怀满意地离开了谊方律师事务所。

四

"是啊，要是能和解，早就和解了。现在公司的代理权都已经没了，最坏的一步都已经到了，还有什么可想的呢？"龚怀若有所思地说道，"你说啊，童律师，老二他们几个怎么就想不明白？起诉吧，起诉吧，不再变了。"

这一声"老二他们几个怎么就想不明白"，又让布小丁不由自主地想起，这是记不清的龚怀第几次重复述说的话了。是叹息，是怨愤，是不甘，又或是心中还有期盼？此时的龚怀，已然不是布小丁刚见面时认为的"淡然"，每一个纠结的背后，也许都有个心结。

五

"……那个家伙真的起诉解散公司了，你收到起诉状没有？"龚艳打电话对龚二说。

龚二正在看起诉状，没有回应龚艳。他心想：这个草包，这个笨蛋，这个龚怀真是变了，知道请律师了。此时，龚二自然又想起被亲戚朋友称为"分家万言书"的东西。龚二根本就没有当回事，原本认为那只不过是律师的"纸上谈兵"，是收取律师费的手段罢了。现在真的起诉解散公司，最担忧的事情终于发生了。一向表现"镇定"的龚二，此时此刻也手足无措了。

……

"师傅，海川公司解散的案子法院已经受理，太不容易了。"布小丁边汇报工作边打趣道。

"受理了就好。不过，这只是个开始呢。"童律师浅浅一笑道。

六

"现在开庭。原告请陈述你方诉讼请求、事实和理由。"法槌干脆地落下，龚怀诉海川公司解散纠纷一案正式开庭审理。

原告诉讼请求：判决解散海川公司。事实和理由如下：

《中华人民共和国公司法》第一百八十二条规定：公司经营管理发生严重困难，继续存续会使股东利益受到重大损失，通过其他途径不能解决的，持有公司全部股东表决权百分之十以上的股东，可以请求人民法院解散公司。

《最高人民法院关于适用〈中华人民共和国公司法〉若干问题的规定（二）》第一条第一款规定：单独或者合计持有公司全部股东表决权百分之十以上的股东，以下列事由之一提起解散公司诉讼，并符合公司法第一百八十二条规定的，人民法院应予受理……

原告认为，海川公司已符合上述"经营管理发生严重困难"的解散条件。原告作为持有公司全部股东表决权百分之十以上的股东，有权提起解散公司诉讼。

对于"公司经营管理发生严重困难"的判断，在最高院2012年4月9日发布的指导性案例《林方清诉常熟市凯莱实业有限公司、戴小明公司解散纠纷案》（指导案例8号）中就指出：判断公司经营管理是否发生严重困难，应当从公司组织机构的运行状态进行综合分析，公司虽处于盈利状态，但其股东会机制长期失灵、内部管理有严重障碍，已陷入僵局状态，可以认定为公司经营管理发生严重困难。

海川公司的各股东间早已矛盾重重，公司的经营管理已发生严重困难，陷入公司僵局，应当解散：

第一，海川公司的各股东间矛盾至深，已无法正常运营公司。

龚氏五同胞为海川公司的股东。海川公司实际上就是一家家族企业，相比其他一般公司，其存在与治理都具有极高的人合性。但海川公司的各股东间，虽为同胞，却早已无同胞之情，更勿说股东间应有的信任与合作。

早在2013年，因为五同胞的矛盾渐深，原告就已提出分家建议。分家的实质也即要求处理海川公司的股权、资产。此后，各方一直未能协商一致。短短三年间，五股东间就已因公司管理问题产生了十数宗诉讼，此正意味着股东会机制长期失灵，更足以见股东间已矛盾至深。公司在股东长期不和之下，已完全无法正常运营。

第二，海川公司已持续两年无法召开股东大会，符合法律规定的解散情形。

海川公司的各股东在这三年间因公司经营管理问题而诉讼连连，全然无法同坐一室，根本无法召开股东大会。

尽管公司其他三股东在原告及另一股东缺席的情况下，曾强行召开过一次股东会临时会议，但《海川公司章程》规定：公司股东会由全体股东组成。一个没有持股比例超过三分之一的股东参加的股东大会（原告及另一股东股权合计比例为40%），根本无法将其视为符合规范的股东大会。

第三，海川公司继续存续将使原告的股东利益受到重大损失。原告持有海川公司20%的股权。海川公司三位股东合计持有海川公司60%的股权，现已在利用合计的持股比例，无视原告的股东权益，做出损害原告股东权益之事。此后，怕将会变本加厉。

第四，海川公司的股东间已无法通过其他途径解决纠纷。

海川公司的各股东在三年间已发生十数起诉讼，无论是亲戚、朋友还是代理律师，无论是各级人民法院，都已多次召集各方进行调解、协商。原告无论是口头还是书面，都向其他股东，向家中亲朋，向法院提出过调解方案，在书面提出的调解意见中更包括向其他股东转让公司股权等多种切实可行的方案。然而，无一能形成一致意见。各起诉讼也都只能以判决结案，各方全然不能调解、协商。足见各股东间已无其他途径可解决纠纷。如海川公司继续存续，此状况也将持续存在，最终也仅是浪费司法资源，损害各方利益。

综上所述，海川公司已出现法律规定的解散事由，应当解散。恳请法院判决支持原告的诉讼请求。

"被告答辩如下：海川公司各股东间尽管有矛盾，但原告仍然可以通过诉讼的途径行使股东权利，公司无须解散……"

一石击起千层浪，龚怀与龚二他们打官司一事，在龚氏家族以及亲朋中引起轩然大波，各种议论、指责，还有风言冷语此起彼伏。龚家一位表亲得知此事后，认为起诉解散公司、打官司分家有违家风、伦理，于是给龚怀写了一封劝其撤诉的书信。大概意思是人言可畏，希望龚怀把物质利益、钱财看淡一点。

"童律师，麻烦你看看这封信，如何应付？"龚怀专门到童律师办公室，将其表亲的来信递给童律师。

"可以给他回封信，谈谈你的想法与感受。另外，这封信不仅仅是写给他个人的，同时还要通过他转告其他亲朋，以正视听。当然，这封信要写出水平来，要有含金量。"童律师郑重其事地对龚怀说。

"舞文弄墨的事，还是请童律师帮帮忙代代笔好吗？"龚怀有些腼腆地向童律师提出。

"这个，既然龚总开口了，那我就试试。"童律师勉强答应下来。

七

几天之后，童律师将题为《问世间"淡"为何物》的回信交给了龚怀。

……

又过了几天，这封回信在龚氏家族及其亲朋中广为传播之后，龚怀多日的心里不快与郁闷终于得到了彻底的释放，因此由衷地感谢童律师。

《问世间"淡"为何物》的广为传播令龚二尽失颜面，但他还是表现出起码的理智。也许还是因为《问世间"淡"为何物》叙事说理透彻，他自认理亏了吧。

八

庭审一如所想地开始，亦一如所想地结束了。

一审法院判决之后，龚二他们上诉了。这似乎可以理解。但二审驳回龚二他们的上诉之后，龚二他们仍然不愿意清算，后被法院强制清算。

五年来，童律师、布小丁与龚二等人虽未曾谋面，却早已相识，对龚二他们的敌对情绪毫不怀疑。有时，布小丁心想，龚怀再三心结，不断寄希望于龚二能"回头是岸"；而龚二何尝不是拥有另外一种的心结——永远与龚怀"绑架"在一起。

"分了就好"，这句龚怀常说的，也渐渐成为布小丁所思。似乎谁也道不明龚二因何不愿意分家、解散公司，却又能料到龚二永远不会如龚怀所想，出现"分了就好"的状态。

海川公司被强制解散、清算了，而龚氏股东的心结如旧。

如此心之结，亦为物之劫。

2020 年 2 月

（选自《宜方故事》，团结出版社，2020 年 10 月）

第二篇
我爱生活

青　春

弹指一挥间，青春不再来！

在我的记忆中，青春就是那么的短促，甚至短促到还没有来得及记载，就在"混浊"之中远去了，消失了。以至于今天无从回忆起整个青春期自己究竟做了些什么。真可谓是来也匆匆，去也匆匆！

其实，别说青春是如何的"弹指一挥间，青春不再来"，就连整个人生也不过百年。对于我而言，也许还包括各位战友，若不是当年义无反顾地选择了"应征入伍"，成为中国人民解放军的一员，我的青春，我的人生，想必定会逊色不少！

我曾遐想：倘若没有选择"应征入伍"，最好的状态可能就是一名"国有单位职工"，或是"乡镇工作人员"。可能与某一良家村姑结为伴侣，静静地生活在富水河畔，或悄无声息地居住风池山下！那样的吴志发，因为无缘与各位战友相遇、相知，我的人生经历、阅历或许是浅薄和孤陋的！

于是，我十分庆幸，这个并不聪明的吴志发，却在恰似青春时期，智慧地选择了"应征入伍"。从此，便与军人结缘，拥有了人生中自豪、光荣的群体称呼——战友！

战友！从1976年2月，父亲目送我离开故乡那一刻起，这一称呼的亲切感、幸福感便油然而生。

我的家乡——地处鄂南的通山，冬天的寒冷程度一点不比长江以北差。1975年的冬季，似乎要比往年更长更冷，冬季的征兵，却到了1976年2月的中旬才出发！在卡车上，我不停地向街道两旁送行和看热闹的人群张望，希望早一分钟看到父亲他们。可是，卡车快到过县邮电局门口了，我仍然没有看到父亲他们的身影。心想，父亲他们一定会在街道两旁的某一地方，等待着车队，等待着我……当卡车行驶到三叉路中间，向咸宁方向缓慢拐弯时，我突然看到了父亲……

部队是一个大家庭，同时也是一座大熔炉，我在这个大家庭中生活了八九年。之所以能有今天这点成就，成为广东宜方律师事务所的资深合伙人；由一个"懵懂"的青年，炼就成可撰写、出版纪实文学——《真相与谎言》的律师，还在国内期刊发表文学、法律专业文稿 10 多篇，就是因为在这个大家庭中得到了锻炼，接受了首长、战友的"真传"。

那是 1976 年的春天，粤东的气候好像湖北的初夏，太阳晒在身上真有几分灼热。吃过晚饭之后，舒队长带着明显的唐山口音对我说："今天总算晴了，小吴，去散步吧！"

舒队长约我散步，并与我长谈。这次谈话，可以毫不夸张地说，让我感受到在父爱之外，又多了一种近似于父爱的爱护与鼓励。从此之后，我有什么想法，也常向舒队长说说。时间长了，接受队长指点、鼓励也就多了，我便联想到卫生队几名老兵成长的"路径与秘诀"，也深感舒队长的爱兵之道。

舒队长在解放战争时期入伍，并长期在医疗机构从事临床和医疗管理工作，是我们干部、战士无不尊敬的首长。

舒队长的年龄、为人与作风，酷似父辈或兄长。很难想象，如果我的队长不是他，我也就肯定不能被送去学习、进修，而之后的事情自然也就不会发生。

如果我的队长不是他，我的青春，我的人生，定将是另一种糟糕的状态！

曾给我"真传"式指导的还有万重治参谋长、陈德云工程师、王鸣医生和朱学万指导员等等……

人生的青春早已远逝，心中的那个"青春"，也许就是个传说了。而真正永存、且难忘的是战友情意，是在部队大熔炉奋斗的岁月！

2015 年 7 月

（发表于《韶关日报》2015 年 8 月 1 日）

目 送[①]

目送，人生肯定会体验到无数次，或是自己目送亲人、朋友，或是被亲人、朋友目送。目送时的情感也一定是复杂、多变和难以言表的，或是热泪盈眶、依依不舍，或是强忍情感于心中，而面目如常。

目送是情感交流，或享受其喜悦，或体验其伤感……

目送是情感驿站，或目送在静静的村口小路，或目送在繁华的车站码头……

父亲离开我们已近15年了，有关父亲的记忆不时在脑海中浮现……最难忘记的就是父亲每次目送我时的情景……

一、没有挥手，却是心心相印的目送

1976年2月，是我应征入伍、离开家乡西泉畈的日子。转眼间，33年过去了。

我清楚地记得，那天早上，大队革委会在学校操场为我们应征入伍的三人举行了简短的欢送仪式，随后就由大队干部陪同我们到公社集中，当天就到县武装部向接兵部队报到。

父亲携全家也一同随我步行到了县城，县委会还在县委招待所款待了应征入伍的亲属们。吃饭的时候，我还特地来到父亲的餐桌旁，向他们道别，

[①] 为了纪念和缅怀父亲平凡、辛勤的一生，笔者通过回忆，对父亲三次目送时的言行、场景等进行描写，反映了父亲对笔者深沉的爱。

因为饭后我们就要集中了。

第二天早饭后，带兵的领导在大会上说：我们是工程兵，是广东省韶关的820部队。火车站人多兵多，万一走散了，一定要记得是韶关工程兵820部队的。

随后，我们就有秩序地上了有帐篷的大卡车。我很幸运，几乎是最后一个上的卡车，就站在车的尾部。卡车缓慢地离开了停车场，行驶到街道后再向北，经过汉剧院、邮电局门前的街道，到三岔路口，然后向咸宁方向行进……

在卡车上，我不停地向街道两旁送行和看热闹的人群张望，希望早一分钟看到父亲他们。可是，卡车快到邮电局门口了，我仍然没有看到父亲他们的身影。心想，父亲他们一定会在街道两旁的某一地方，等待着车队，等待着我……

当卡车行驶到三岔路中间，向咸宁方向缓慢拐弯时，我突然看到了父亲：父亲站在通山饭店对面的旅社门前，穿着我入伍前常穿的衣裳：上衣是蓝色的"干部服"，黑色的裤子，习惯性地将一只手套入另一只衣袖内，并自然地置于腹前；他紧锁眉头，伸着脖子，双眼微眯着凝视前方，不时还挪动着身躯，似乎想接近行进中的卡车，看我乘坐在哪辆卡车上。不过，从我看到父亲开始，到他在我湿润的视线中模糊，再模糊……父亲一直站在原位，始终保持着"紧锁眉头，伸着脖子，双眼微眯着凝视前方"的目送姿势。

当我所乘的卡车尾部最接近旅社门前时，我向父亲挥手，父亲却没有看到我，依然保持着与之前完全一致的"目送姿势"，好像我已经在前面那辆卡车上，刚从他眼前经过；又好像在等待下一辆卡车早些到来……

由于运送新兵的卡车外观一致，数量在十辆左右，时速近20公里，而且卡车上新兵的穿戴相同，且不说父亲的眼睛是高度近视，就算是视力正常的人，在十几米之外，要准确、快速地看到自己的亲人，恐怕也不是件容易的事。

因此，街道两旁送行的人们，大多与父亲一样，并不清楚自己的亲人乘坐在哪辆卡车上。当卡车上的新兵看到站在路边的亲人，并向其挥手告别时，他们大多数都未能及时做出反应。特别是街道两旁的送行人挥手，由于他们不晓得亲人乘坐在哪辆车上，所以他们如此，更多是希望卡车上的亲人能够看到罢了，而不是已经看到了对方。

可是，我没有看到父亲挥手，也许他自始至终都没有挥手。因为他总是"习惯性地将一只手套入另一只衣袖内，并自然地置于腹前"。

多年以后，我曾问过父亲，他在县城送别时看见我没有？他是否像其他人一样也挥了手？父亲说，车上的人穿着都一样，而且远远望去就是个小脸，不晓得哪张小脸是我。没有看见我，也就不用挥手告别了。

父亲这次的送别，与其说是目送，倒不如说是"心送"。一次与我心心相印的送别，一次他人体验不到的"心送"！

二、没有彩礼，却是父爱如山的目送

六月的岭南，六月的韶关，骄阳似火，郁郁葱葱。1985年6月中旬，我满怀新婚的喜悦与幸福，和董瑶一起从韶关乘火车出发，到杭州、上海两地旅游和拜见长辈，后在上海坐轮船经南京到武汉，游览武汉市的著名景点——长江大桥、黄鹤楼和东湖等。

一路旅游，一路欢笑，我们的心情真有几分心花怒放。无论是杭州的西湖，还是武汉的东湖，六月的莲叶连成片，确有"接天莲叶无穷碧，映日荷花别样红"的诗境。

可这诗情画意般的美景，在脑海中能持续多久？是否会被汽车的颠簸抛到脑后？

从武汉到西泉畈，虽说只相距130多公里，在我小时候就通了公路，我却很少见到汽车，通班车还是我当兵之后的事。虽然通了班车，但从武汉到西泉畈，或是从咸宁到西泉畈，至少要中转两次汽车。由于路况差，父亲最担心的就是我在回家路上不方便和不安全。

由于回家交通不便，我原本不打算结婚时和董瑶一同回家，特别是不赞同父亲关于我结婚时回家宴请亲戚朋友的想法。"请客"总是与"送礼"相联系，结婚请客更是与送礼紧密相连。我真不愿意让他人产生如此联想。我们回家的目的就是探亲，让"丑媳妇"见见公婆，丝毫没有想利用这次探亲之便请客，以致让他人产生"送礼"的误会。再说，请客、招待亲戚朋友是件麻烦的事，在乡下更是不方便。我们不愿意在短短的几天探亲时间里，给家人增添太多的麻烦。另外，董瑶也不习惯老家的请客、招待方式。但父亲仍然坚持他的想法。

经过反复考虑，我觉得父亲的想法有他的合理性，也就听从了父亲的安排。

父亲是个讲究面子的人，或者说父亲是个比较在乎他人评价的人。我是父亲四个儿子中第三个结婚的，父亲特别强调和注意的是董瑶，说她是城里人，是干部家庭出身，本人也是国家干部，如果结婚时不回家，或回家了也不请客，左邻右舍、亲戚朋友会怎么想？会怎么说？不好解释。

父亲的确有些顾虑：因为他人只看表象。至于原因，他们会根据各自的认识、理解甚至是需要，去归纳，去宣讲。也许会认为，地地道道的城里人看不起农村家庭，看不起农村的公婆；也许会认为，虽说是从西泉畈走出去的，现在却已瞧不上农村亲戚朋友送的那点薄礼了；也许会认为，少跟农村的亲戚朋友往来些，不请客，也就不收礼……

为了消除父亲的顾虑，满足父亲的心愿，我勉强同意了父亲的想法，但同时希望限制人数。因此，客人并不多，就五六席。

尽管父亲的顾虑符合其生活环境，或者说，该顾虑的产生具有一定的普遍性和代表性，有相应的经济、社会和传统背景，但是，儿子和儿媳是否看得起父母，能否尽心尽力孝敬父母，与儿子、儿媳的文化程度、居住环境、富裕程度没有内在的因果关系，倒是与儿子、儿媳的道德水平、心境心态以及与父母的关系相关联。

经过几天的迎来送往，我们准备回韶关了。

回韶关的前一天晚上，父母与我和董瑶进行了一次交谈。尽管董瑶不像今天这样，能听懂一些方言，但这并不影响我们与父母之间的沟通和交流。

那天晚上，父亲与我们谈了很多，其中让我印象最深、最难忘的是：父亲说，家里的确困难，你们从认识到结婚，家里既没有按农村的习俗给董瑶的父母送彩礼，给董瑶送礼物；也没有按城里的时兴给你们添置什么。左邻右舍、亲房叔侄都说我们命好。其实，作为父母，我们真的很不好意思，太不像样了。董瑶上千里来到西泉畈，来到公婆身边，我们却连个像样的见面礼都给不起。董瑶不要见怪，不要见笑！说着，父亲便从右侧裤袋里摸出一个小布包，在昏暗的灯光下打开，一边数着一边说，这是亲戚朋友送的礼，加在一起也不多，我们也表示个小意思，算是给你们回广东的盘缠，实在是太少了，让董瑶见笑了，更让董瑶父母见笑了！说完，父亲就将一叠有10元、5元、2元等不同面值的人民币，连同那个小布包一并给了我。

母亲说，有些亲戚送的是布料，都是农村人常用的，叫董瑶看有合适的没有。

说实话，真没有合适的。不过，为了满足母亲的心愿，我们还是在二十几块布料中勉强挑选了两块尼龙布，也许是最好的布料，一直存放到现在，算是我们结婚的纪念品吧！

我双手接过那"厚厚"的小布包，约有几分钟没说一句话，连一个"谢"字也没说。

说它是个"'厚厚'的小布包"，并不是因为布包内多数为10元、5元、2元面值的人民币使这个小布包变厚了，而是因为小布包里是父母对我们的太厚太重的爱，用一个"谢"字、十个"谢"字也不能表达我们对父母的感激、感恩之情。"厚厚的小布包"，它包裹着亲戚朋友对我们的祝福，包裹着父母对我们的祝福，也许还包裹着父母的几分酸楚与无奈！

第二天清早，父母送我们到公路边，就是往年父母送我回部队、回广东的那个地方，等候着去县城的班车。

在父母叮咛嘱托的说话间，一辆班车缓慢地开过来，并靠右边停下，我和董瑶上了车。当我们忙于放置行李时，班车开动了。于是，我们急忙与车外的父母挥手告别。此时，只见父亲朝着我们轻快地举起了右手，自然地左右摆动手臂。父亲的面目表情虽有几分依依不舍，但眉头舒展，微眯的眼睛里跳跃出欣喜的目光，并愉快地说，记得向爸爸、妈妈问好！

班车上了斜坡后，速度明显加快了，父亲目送的表情早已看不清楚，但父亲略微弯着的身躯仍然站在公路边。沿着父亲背后放眼望去，一片碧绿的水稻郁郁葱葱！

班车拐弯前，父亲依然站在原地目送着我们……

三、没有遗言，却成最后的目送

1994年6月中旬，父亲因高血压中风，虽经住院治疗基本恢复了健康，但其听力明显不如从前，步履也差了许多，出门行走多要借助拐棍。

饱经风霜，辛劳了一辈子的老人能躲过这一劫也算是幸运了！

然而，父亲的变化远不在于"耳背"和"腿脚不利索"等这些一目了然的中风后遗症上，更在于父亲对生活的热爱和眷恋上，特别对吴聃，对我和董瑶的牵挂与思念，比以往任何时候都更加强烈。

父亲这次住院，我专程回通山看望，并陪父亲小住几天。自1976年以来，这次是我与父亲相处时间最长的。于是，我就有了稍微多的时间与父亲单独交谈，听听父亲的诉说。

1976年2月之后，平均算下来，我两三年才回去一次，而且每次在家的时间一般是几天，最长时也没有超过半个月，与父亲相处、交谈的时间就更少了。但是，父亲对我的影响却异常深刻，特别是耳闻目睹的事例，更能说明父亲心胸坦荡。

父亲在住院期间与我谈起一些往事，也许算是总结吧。

父亲说，他劳累了几十年，没有获得"种瓜得瓜，种豆得豆"的收成。原来牵挂的是我，吴聃也没有帮忙照看一天。现在好了，吴聃慢慢长大了。

父亲说，我小时候家里穷，受了苦；现在好了，命中有贵人相助，更有贤惠的董瑶。

其实，父亲追求平等对待儿女的思想是正确的，是值得我们铭记的。但是，这种"平等思想"不是在同一时间段内对全部子女同时进行的"平等"行为，而是以某一时间为起点，对陆续出生的子女先后实施的"平等"行为。因此，这种平等实际上是相对的，可以说是十分有限的平等。

比如说，以1949年为时间点，在这前后，家景好些，父母除了养育亲生子女之外，还有勉强扶助其他亲人的能力。但到了1962年之后，形势变了，家景差了，甚至到了极其贫困的地步，我就不得不先后三次辍学。后来，在某中专学校招生时，我被他人顶替，只能选择应征入伍当兵。这倒不是因为父母对我不公平、不平等。

因此，父亲没有必要太自责！

回韶关前，父亲再三跟我说，他很想看看吴聃，希望年底我和董瑶、吴聃一起回家过春节。父亲每次说起此事时，声音总是有些哽咽，不能顺畅地把话说完，但我完全明白父亲的意思。我同意了，因为在那情那境，我几乎没有任何理由和力量去拒绝。

同年8月29日，表哥代父亲来信，信中记述了父亲要求表哥写信的缘由和父亲的病情。父亲又一次提及希望我们能回家过春节。

1995年1月23日，我们从韶关上火车，次日，即小年那天，满怀喜悦地回到了西泉畈。

转眼间，几天时间过去，为了避免在火车上人多太拥挤，父母虽不情愿，但还是同意我们按原计划回韶关。

1995年2月1日（大年初二）清晨，我们吃过母亲为我们准备的早餐后，带着行李，带着父母的祝福，还带着复杂的心情，踏上了回韶关的路。

大年初二，天气晴朗，一轮红日已从东边山顶露出了大半个笑脸，真像个天真活泼的小孩在向西泉畈拜年，向出远门的我们三人拜年！

虽说天气晴朗，日头已斜照到了村东边的屋檐上，但大年初二的清早并不暖阳。

步出房门后，父亲右手持着拐棍，并借助着拐棍的支撑力，向右侧弯着身躯，一步一侧身，缓慢而艰难地向前走着，和母亲一起一直伴随在我们的身后……

我多次回头，示意父母就送到这里，不要再向前了。父亲口头虽说"好"，但其脚步却并没有停下来。于是，我们三人便把本来就很慢的步伐再放慢些，直至停下脚步等着父亲……

大约在村口到公路还有一半路程时，我等到了父亲。我也不再坚持"就送到这里"了，索性与父母相伴而行，反正到公路边也只有约 300 米的距离了。

我伸手摸了摸父亲紧握拐棍的手，异常的冷，有一股刺骨的寒流渗入我的肌肤，扎入我的心头。

其实，这天的气温并不太低，也就是零度上下。这对我们来说不是特别的冷，但对于血液循环差且在早晨的寒风中吹打的父亲而言，却是难以想象的冷。然而，父亲没有停下脚步，更没有回去的意思。因为我晓得，父亲没看到我们上班车，他是不会回家的。

此时，看着已是风烛残年的父亲，他就像路边刚熬过严冬的枯草又遇上了今天冰霜，我的心情真有些零乱和难以言表！

我伴随父母沿着村前那条小路，一边走一边交谈。在小路与公路接壤前约 10 米的地方，我和父母都停下了前行的脚步。

近 15 年了，对父亲在这次交谈中所讲的其他内容，我大多已经忘记，但父亲说的如下内容则让我终身难以忘怀：

父亲说，他没有给我、董瑶和吴聃留点什么，送件能拿得出手的礼物，从我和董瑶结婚，到吴聃出生都是这样。现在人老了，病痛太多，恐怕以后也不能做什么了。父亲略微停顿一会儿，并微微抬起头，十分清晰和深情地说，他死之后，一定会保佑吴聃，保佑董瑶，保佑我，一生一世平安！

没等父亲把话说完，我的鼻头一酸，眼泪已夺眶而出……

我不晓得宇宙间是否真有这种力量，如果有，我深信父亲一定会履行其诺言。

也许宇宙间真有这种力量，父亲在"天堂"那边已经履行，并继续履行其承诺：保佑我们。因为这 15 年来，我和董瑶都好，特别是吴聆，一切都很顺利！

父亲实在是太累了，心系太多的牵挂……

在人间，为了生活，为了儿女，为了子孙，辛勤劳作几十年；

去"天堂"，还要保佑吴聆，保佑董瑶，保佑我们这个小家庭！

班车来了，父亲示意我上车。母亲大声对董瑶和吴聆说，年底再回来。

我右脚踏上了车门的脚踏板，左手向父母挥手，并示意他们回去。父母也挥了挥手，但没有马上回去。

透过晨光，只见父亲依然站在原地：

父亲头戴军用棉帽，穿深蓝色的外套和黑色的裤子，脚穿灯芯绒布面的棉鞋，双手握住拐棍，弯着上身，背朝着东边山，微微抬头，眯眯的双眼凝视着班车，凝视着我们……

班车走后，父亲在何时才改变了目送我们的姿势？又是在何时离开了小路边？也许很久，很久……

但在我心中，父亲永远没有改变目送的姿势，永远没有离开小路边，永远没有离开我们！

2007 年 9 月 13 日于广东韶关

（发表于《青年文学家》2010 年第 11 期）

他变了①

那是 40 年前的 2 月，他穿上了绿军装，从鄂南来到 203 师驻地——粤北。从此，他由农村青年变为了现役军人！

他变了，变得让人羡慕，也让亲人担忧。

那是 35 年前的腊月，他依依不舍地摘下了帽徽和领章，无奈地回到了原点。

他变了，从此，他由为人子变成了为人夫。

那是 32 年前的夏天，他满怀喜悦地向岳父母报喜，向亲朋道安！从此，便多了一份责任与爱心。

他变了，从此，他由为人夫变成了为人父。

2016 年 2 月 19 日，熟悉而亲切的乡音在呼唤，却迟迟未能找到他的面孔。

他变了，变得让我不敢相信自己的眼睛：那时的英俊青年，却已变成了两鬓斑白、满面皱纹的老人。

未曾想过，岁月竟是如此的无情！

其实，变了的又何止他……

2016 年 2 月 21 日

---

① 以此文献给参加纪念入伍四十周年座谈会的参核战友。

我爱枫叶，我爱泥！

小时候，我很喜欢爬树，村前屋后那几棵古树，不知被我爬了多少遍。因此，我被母亲骂过许多回，甚至被父亲用扫帚"打扫过"好几次。

邻居们也常常惋惜地说，这伢真是顽皮了哟……

然而，唯一令我望高空叹，没有能力"涉足"的只有村后那棵硕大的枫树了。

说村后那棵枫树是"硕大"的，这不是夸张，也不是形容；这棵枫树高60多米（小时候，我与同村的几个小朋友还利用相似三角形原理计算过），树的主、侧枝可以覆盖大半个篮球场，树围约12米（离地面1米多处测量）。据村里的老人们说，这棵枫树有300多年了！

300多年，多么漫长啊！有多少枫叶，它们或春绿，或秋红，虽然高高在上，瞰视众生，却从不低看、鄙视任何人；它们送走了一批批"客人"之后，便在一阵阵秋风、雨水，还有风霜的作用下，惜别了树枝，与残枝、朽木为伴……渐渐地变为了芳泥，成为这棵古老枫树源源不断的营养之源。只可惜，几乎没有人留意芳泥，更没有多少"客人"认为枫叶与泥有何关联！

唐朝诗人杜牧将枫叶描绘得比鲜花还艳丽、娇美，"停车坐爱枫林晚，霜叶红于二月花"就有此意；而我，小小的文学爱好者，对枫叶的钟情，不仅源于对"霜叶满阶红"动心，更源于对枫叶在春绿或秋红时的追意，以及对"芳泥"的讴歌！

小时候，甚至入伍之前，我还常在村后那棵老枫树下嬉戏，或呆坐在树下想些什么。有一年的秋天，枫叶飘落的时间很集中，也特别浓密。枫叶飘落在枫树周围，在太阳的映照下，就像一张巨大的锦绣被子，期待着"客人"，还有我们这群小顽皮的光顾。

也许是玩累了，也许是一层厚厚的枫叶真给人几分被子的感觉，我竟然在树下睡着了，并渐渐地进入了梦境：

"五月榴花九月枫，满山红遍满枝果，伸手摘过石榴果，就是不及半空枫……说来也巧，恰在此时有一中年女子路过此地，她告诉我说：'兄长，不要跳了，再跳也不及半空的枫叶；倘若喜欢它，不如先去忙别的事，等时节到了你再来。届时，它便在风的协助下，像仙女一般，飘然而至。'

"告别之前，她还问道：'兄长，属于你的那片山上，已是果实累累了，为何还在这里等候枫叶呢？难道是说果实虽充满，却乏了几分情调，而霜染枫叶红似火，看似一片叶子，却像火焰，像火苗，像火种，总能点燃新的热情与希望……'

"'你，你，你是……'"

汪，汪汪，汪汪汪……

村东边那只讨厌的老黑狗一阵狂叫之后，我被吵醒了，也就没来得及多端详那中年女子的面容，更没问其姓甚名谁。一个超越时空的"白日梦"就这样糊里糊涂地不了了之。只是多少年来，那位中年女子的脸庞，还有比脸庞更清晰的身影，似乎如影随形，近在咫尺，不时出现在眼前……

枫叶，霜染之后，红艳满枝头，观者赞不绝口。倘若此时，你在热恋中，枫叶就酷似恋人，如何赞美也恰如其分；或你已初为人夫，枫叶便像娇妻，片片红叶，定能勾起你无尽的遐想……

或你邂逅了它，虽说非常意外，却也在情理之中。此时的枫叶更似一团秋火，欲罢不止，欲灭还生……

或你偶遇了她，就像秋风汉倾情相约，然此去无归期，枫叶女仍痴情飘然而去……

芳泥，凡是生命体，最终皆为泥。

枫叶，随秋风飘然而去，且落叶归根，最终化作芳泥，实为生命的自然属性！我爱枫叶，是因为它点燃了我的激情，让我多了几分活力，也略添了风采；我爱泥，是因为它已至生命终点，却仍在残月冷照中为了生命而付出……

入伍之后，尤其是秋天，我总是情不自禁地追意起村后那棵老枫树，还有"霜叶满阶红"之后的"芳泥"！

2017年冬

我爱这职业

不晓得是盼望今天,还是怀念过去,总觉得"八一"是那么的难等,而元旦却转眼就来了!

我爱今天,我爱"八一",我爱军旗下的兵,我爱这职业!

不晓得是年轻时记性太好,还是因为你们的脸庞特别的清秀、英俊,哪怕是背影都是那么的难忘!

我是一个兵,我爱军营,我爱军旗下的兵,我爱这职业!

不晓得是你们的步履太快、太坚定,还是那位战友加油太早太多,还没有等我将泪水擦干,便听见告别的喇叭声,汽车便载着你们离我而去……

我爱"班长",我爱"队长",我爱军旗下的兵,我爱这职业!

2021 年 8 月 1 日

今日时短往不复
旧事如烟莫忘恩

今日时短往不复，旧事如烟莫忘恩。

今日时短往不复，旧事如烟莫忘恩。

今日时短往不复，旧事如烟莫忘恩。

之所以重复这句话，不是因为这句话有多么重要，也不是因为这句话有多么深奥、难懂，或富有哲理，而是因为生活让我铭记了这句话！

46年前，那是一个初春的时节，我应征入伍，由普通青年"闪变"成为一名现役军人，成为中国人民解放军中的一兵。从此，我与军人结缘，和核兵相伴，拥有了人生中最自豪、光荣、平等的群体称呼——战友！

军旅为国防，青春誓无悔；未曾弹痕累累，却是残疾军人。

37年前，还是一个万物复苏、百花争艳的时节，集体转业，我脱下了心爱的军装，离开了难舍的军营，告别了生死相托的战友，之后就职于司法行政机关，成了政府机关干部。

可在梦中，我还是一次次地被那熟悉、嘹亮的军号声唤醒；而更难忘的便是团参谋长王迪灿，副团长万重治，队长舒万福，师部参谋何恩华，还有工程师徐龙保、陈德云，医生王鸣，等等。

21年前，那是一个风声、雨声与雷声此起彼伏或相互交织的时节，伴有领导、同事那足可动容的挽留声，却丝毫没有改变我的"别意"。就这样，我满怀喜悦地从"围城"内走了出来，成了体制外的"游民"，成了宜方所四合伙人之一。

四十多年，三十多年，二十多年……

历史在渐渐地远去，曾经的一切，有忘不了的好人恩人，有记忆犹新的往事幸事，还有那主观恶劣、无耻，客观却"成就"我人生价值的"个体"，让我这"逢赖必诛""疾恶如仇"的性格有了不可或缺的"外力"和"资源"，让潜能得到了充分的发挥与展现：讴歌善良，鞭挞丑恶。写作由此成了我生活中的一部分。

"今日时短往不复"，是从历史的角度去理解过往，于是便有了《史记》《汉书》《二十四史》《中国近代史》等国家记忆，足见记住历史是何等的重要。而"旧事如烟莫忘恩"是说"旧事"易从人们的记忆中消失，希望莫忘了曾经帮助过自己的好人！

"旧事"，当然包括"好人"与"坏人"，也包括"平常事"和"特殊事"。记忆，当然是全部的。忘记了好人恩人必遭良知谴责；纵容、姑息、包庇了坏人恶人，那是对社会的犯罪，是对文明与法律的亵渎。

2022 年 7 月 26 日

悄悄告诉你

老兵，一个看似无情，却又令人肃然起敬的称谓！

老兵，还有他的战友为了民族不被列强欺凌，曾进驻茫茫戈壁，在漫漫黄沙中建功立业，献身国防。

1964年10月16日，罗布泊的一声巨响，腾空而起的蘑菇云告诉了全世界，也让世界记住了老兵，记住他的战友。

1970年12月26日，第一艘核潜艇下水；1974年8月1日，这艘被命名为"长征一号"的"蛟龙"入海了。原本就不平静的大海，此刻更是欢呼雀跃；国人奔走相告：中国人的核潜艇，中国人的"蛟龙"入海了。有一群在深山密林中为"蛟龙"奋斗多年的核兵，竟然号啕大哭……

老兵，还有他的战友，压抑太久的情感终于释怀了！

老兵，即便脱下了心仪、威武的军装，但军人的品格与血性不改，担当不减，又开启了他人生中别样精彩的新旅程！

僅以此文献给"八一"建军节，献给"核兵"战友！

2022年7月

（以《老兵》为题，发表于《韶关日报》2022年8月1日）

其实，您并没有走远！
——深切缅怀舒队长

不知有多少名人说过，人生没有如果。

可我还是要执着地说，如果我的队长不是您，不是舒队长，我的青春，我的人生，定将是另外一种糟糕的状态。

别人信不信，反正我深信！

在卫生队，是队长您给了我"真传"！

……

那是一个极不平常的年份；

1976 年，粤东的初春，可比湖北的夏日；

新兵连长说，那位是来挑选卫生兵的舒队长；

看了看远去的背影，其实，您并没有走远……

那是粤东夏日的早晨，

您送我们上了去师部的"申"字牌军车；

几声喇叭之后，营房便消失在漫漫沙尘之中；

再几度回望，其实，您并没有走远……

那是 20 世纪 80 年代初，

转业去宝安的命令下达了，复杂的心情难以言表；

然而，小吴的事队长总是挂在心头，还四处奔忙；

从军营到宝安，其实，您并没有走远……

那是20世纪90年代初，
去宝安看望您，那时的队长身姿依然是军人；
叙谈中，那淡淡的唐山口音仿佛回到了从前的卫生队；
从卫生队到宝安，其实，您并没有走远……

那是个昏昏沉沉的黑夜，
曾经的侥幸，被残酷的现实彻底掀翻了；
原本可以不至于如此内疚……
队长啊，队长，昨晚梦见了您，其实，您并没有走远……

2022年10月9日

路漫漫……

路漫漫其修远兮，吾将上下而求索！
……

关于屈原的生平，可以说是知之甚少；只是在书本上晓得他是战国时期楚国的浪漫主义诗人，更是一位爱国主义诗人。然而，一位爱国的浪漫主义诗人，似乎没有像他写的那样去坚持了。

其实，投江也是另一种形式的坚持，是更壮烈的坚持！

关于屈原的传说与故事，最深入人心，家喻户晓就是端阳节时吃粽子和赛龙舟。每逢端阳节的时候，人们就想起了诗人，想起了汨罗江，想起了他的悲壮。

如果屈原的政治主张得到了楚怀王的采纳，让楚国走向富强，并抗衡秦国成功，那将是什么情形？是否有人要去批评屈原阻碍了历史发展进程呢？就像那些圣贤们评说诸葛亮一样，为什么要去辅佐那个刘备刘玄德呢，并导致中国的分裂、分治！

类似的观点还有对民族英雄岳飞的指指点点。

那个时代，也许是像屈原这么爱国的人太少了。可能是那个年代的人对"跳槽"还比较陌生。也就没有或者是少有"此处不留爷，自有留爷处"的心态。

当然，屈原非等闲之辈，政治抱负和理想才是他的生命。他生活的目的与意义肯定不是为了一日三餐，养家糊口。"跳槽"对他而言，从来就不是选项。他一生都在寻求楚国的光明与富强。国都被攻克之后，他万念俱灰，彻底绝望了，追求真理的信念破灭了，投江便是他的悲壮之举。

……

在屈原生活的年代，在他万念俱灰彻底绝望的时候，他没有选择"跳槽"，而是选择了投江。这是他的政治抱负与理想所决定的。如果他选择了"跳槽"又当如何？可惜的是历史没有如果。于是，现代人不可用今天的标准与眼光去看待、衡量。

然而，即便是现代人，也不可用"圣人"的标准去衡量、要求别人，而用贱人的标准来看待、对照他自己。甚至还以所谓"奉献"的名义去要求他人应该如何！似乎就是站在道德的高地上，摇旗呐喊，吆喝着什么。这种现象，被称之为野蛮的"双标"。

提倡奉献，但不可强迫奉献。而那种责怪、埋怨他人没有奉献的陈词滥调，其实质就是野蛮"双标"的体现。一般人的就业、执业就是为了生活；不是来听什么吆喝，"盲从"什么的。再说，那吆喝的又奉献什么，又是如何善待奉献者的！

其实，择善而交是人之常态，"坚守"也好，"跳槽"也罢，皆与道德品质没有多少关联。

生活何处无江湖，即便没有，也有关于其在江湖的传说！

2023 年 10 月

梦见了你

老娘在韶关生活了八九年，虽说是轮椅上的生活，有太多的不便，好在有护工的用心照料，晚年光景还算得上是舒畅。

在这八九年的日子里，老娘说得最多的还是村里那些人和事。而在村里那些人和事之中，大致可分为三种情形：一是念叨亲房叔侄、左邻右舍的好，叮嘱我莫忘了好人；二是那些陈年旧事，婚姻嫁娶，生儿育女等闲杂之类，没有褒贬之意，也没有善恶之分，实属闲聊；三是家道伦理，尊老爱幼，等等。

你是老娘念道得多的好人，每次说到你的时候，老娘总是忘不了要带一句话："望春也好，真有福气！"

你是后来的，是望春哥娶了你之后，村里才有了你，再之后才有了你和望春哥的那些儿女。就像我老娘说她自己一样，她也是后来的，十八岁进了吴家大门，之后才有了我们这几个。我们这几个，老娘也有其独特的认知与评说，蛮有意思的，颇有入木三分之感。

那天早上，见老娘精神很好，便淡淡地说起你身体不好，去武汉住院的事。未曾想，我这"淡淡"的一说，却引起了老娘前所未有的反应：去武汉住院，是肺病吧，可怜哟，可怜哟，真可怜哟！

这个好人哟……

天呐，老娘这是怎么啦！真是不敢相信老娘的情绪，她是如何晓得你是得了肺病？太不可思议了……

老娘用纸巾擦了擦她自己眼角的泪水。此时，我的确后悔了，千不该，万不该，千万不该与老娘说你得病的事。可我哪能料到老娘有如此的反应，竟然还晓得你是得了肺病！

莫非，莫非是你早就与老娘说过那些人情世故？

……

"太亲了，住得又太近，还搬不了；人家又要赚那点钱，么办哟？哪个又开得了口呀！难哟，太难哟……这么多年了，那些石粉，吸到喉咙就着痒，吸进肺部就会变硬，会变成石磊……"梦意之中，是老娘在给我这"少小出门久未回"的"过客"介绍乡情。

"老弟啊，你是律师，办法多，帮帮我吧！么呢都不求了，么呢也不要了，只想吸一口新鲜空气，一口如同嫁给你哥那时的空气，一口没有石粉的空气。你，还有你望春哥，你们帮帮我吧……"

被你那苦苦的哀求声震撼了，也被振醒了。然而，醒了之后却分不清梦中的你与生前的你，哪个是你的真实？

或许一个是你生前的噩梦，一个是你梦中的生前……

2022 年秋

烟花三月下扬州

说起外出旅游，最理想的状态也许就是"说走就走了"。

然而，想去某个旅游目的地，需要原因与理由吗？

其他朋友，哪怕是较为亲近的朋友是否需要原因与理由，我还真的未曾了解过，但就我个人的心境而言，肯定是需要的，而且是越梦幻，越浪漫，也许越可期与愉悦。

青春年少时，一部《庐山恋》的电影，令我对那风景如画的庐山心生向往，萌生了一定去庐山看看的念头。当时身在军营，这"念头"几乎无异于白日做梦；别说是去旅游，就是出营房大门都得请假。但这丝毫不影响有个去庐山旅游的"念头"默默存在着。从此，那股庐山游的"火焰"一直在心中燃烧，多年之后还实现了。

中年之后，一首《我想去桂林》的歌曲，尤其是那两句矛盾且又十分现实的"可是有了时间的时候，我却没有钱"，"可是有了钱的时候，我却没时间"的歌词，困扰了我许久。

在现实生活中，就大部分工薪阶层而言，"钱"与"时间"并不是绝对不可调和的"矛盾"与"天敌"。

尽情地游了桂林山水之后，便印证了我的浅见：

其实，"钱"与"时间"都是人可以把控和安排的。

退出合伙人，虽说是退出有"因"，但这个"因"却导出了一个好果——

阅读、写作、旅游……

退出合伙人之后，诗仙李白的那首《黄鹤楼送孟浩然之广陵》，还有歌手李殊的歌曲《烟雨三月唱扬州》，深深地打动了我的心；尤其是李白那句"烟花三月下扬州"和李殊的"雨绵绵 情依依"，在我看来就像一封远方亲人的书信。

于是，旅途便是归途，到了扬州也就是扬州人了。

也许有朋友会问，扬州大吗？到扬州看了哪些美景？

其实，扬州说不上大，可能略大于韶关；美景当然是多，而最令我有美感的却不是风物，而是文化。

在回韶关的高铁上，一位面善、健谈的乘客好奇地问我，你是扬州人还是来扬州旅游的客人？我听了之后，并没有直接明确地回复她，只是笑而未答地说：旅途也是归途，而归途也许就是新的旅途。她听后，便会心地笑了。

……

2023 年 4 月

雨中逢

雨，昨晚拾贝的雨太大，太突然了；
雨，让我几乎失去了体面，没有了任何讲究；
雨，不仅滋润着万物，更考察了人心与人性！
然而，雨却让他的车在远处调头，客气地请我上了车。

逢，有人因此而成为好朋友，好伙伴；
逢，也有人因此而彼此牵挂，心仪良久；
逢，还有人因此而喜结良缘，相伴一生；
然而，我与他相逢，虽平常却又突显其人性之光芒。

草木，被雨水滋润之后便成了郁郁葱葱的青山；
芳泥，虽在草木之下却肥沃了万物并成就了芙蓉山；
他，还有万千与他相同相近的人们都在美化着韶关；
一场突如其来的夜雨，强化了对"善美韶关"的记忆！

2023 年 5 月

真想给你取个名字

旅游，在大多情况下是有主题的，至少这个主题之意可能存在于心或潜意识之中。

这个主题，也许就是我所说的名字吧。但也有一些旅游是没有主题没有名字的，还有一些是在旅游途中，因为有了一定的旅游体验之后便"突发奇想"，才想起这次旅游应该有个主题，应该给这次旅游取个名字。

人们常见的旅游主题或名字有：

蜜月游、观光游、休闲游、商务游、亲情游、度假游、美食游、告别游、生态游、风情游、探险游等等。

其实，旅游是否有主题，叫什么名字，也许并不十分必要与重要。而让旅游参与者能够有多一些健康，且丰富多彩的旅游体验，才是一切旅游的根本与正道。

然而，这次云南游，倘若有且可以有的"量体裁衣"般的主题，可称作什么游？

……

真想给你取个名字！

那天晚上烧烤及其他时候闲聊时，就有同事提议说宜方所的旅游既然是一份宜方所的公共福利，还是"宜方文化"充满其中，就更应该体现宜方所的个性与特色。

何为"宜方的个性与特色"？

这个题目不小，更不易！

概括起来，大意如下：

一是旅游参与者的群众性与个性化的结合。

二是旅游线路与景点的共选与个性化的结合。

三是团体（固定）活动与个人（自选）活动的结合。

四是充分体验自由就餐与自愿购物的乐趣，就是共同休闲娱乐与个人或小众就餐、购物的结合；既彼此联系但又不相互影响、干预与"添堵"，还可以理解为是在分享了旅游购物、就餐快乐之中避免了被"说教"。

五是组合（组团）的集体化与小型化的结合。

六是合伙人分组负责与活跃同事协助的结合。

以上几点肤浅归纳，若能在这次云南行或今后的旅游中部分体现与细化，势必大大增添宜方同事对旅游活动的参与度，增加旅游者的愉悦感和对宜方的认同感。还极可能影响到更多的朋友参与到宜方所的"个性游""特色游"之中。

一个彰显了个性，充满了欢乐，且没有"添堵"之烦的集体旅游活动，该是多么的令人向往！

这种令人向往的旅游，可称为什么游？

……

真想给你取个名字！

那天午餐时，记不清楚是哪位说了句既有几分煽情又有点伤感的话，说是这次云南游结束后，不知何时这桌同事能再次相约出游？

这话虽然引起了同事的共鸣，但这事通常只是说说而已，在实现生活中还有多少可能？首先是谁去追求这个结果呢！

一群虽是彼此认识却又是"情形"各异的同事，一次虽没有相约却还能相聚数天的旅游，这本身就是值得记忆的过往；其中一定包含了有同事的付出与包容，也让人领略了"新鲜"，还有那不愿再见的"零碎"。

这种旅游，可称作甚游？

……

真想给你取个名字！

2023 年 5 月

第三篇

春雨蒙蒙

春雨蒙蒙忆茫茫

——忆外婆，还有那浓香的川芎茶

依山傍水六十烟，布衣悠闲青砖间……

这便是我儿时记忆中的"下杨"印象；

三寸金莲梅花步，青石巷内舞回风……

这便是我儿时记忆中最初最深且最难忘的外婆。

其实，除了外婆的"三寸金莲"和她那轻盈的步态之外，便是外婆的川芎茶最令我难忘了。

小时候，我常去外婆家小住几天。外婆家门口那小小的木桶内，一年四季总有温度适宜、药香四溢的川芎茶。常有邻居或是邻村人，路过外婆的家门口时，自斟自饮几杯外婆亲自炮制的川芎茶。他们喝完之后，遇见外婆的就道一声谢；没有见到外婆的，便默默地离去，就像回家喝了几口茶一般自然、惬意。

小时候，我觉得外婆很了不起，那小小的脚掌，不仅支撑起整个身躯，还能养活母亲、舅舅，维持这个家；长大后，直至今天，我深感外婆为邻居和陌生人免费提供川芎茶十分了不起！

壬寅年（清明）于深圳

试论父亲"忍让观"[①]

忍让，说来容易，做到实在是太难！

然而，父亲却做到了，至于做到了何种程度，是忍让了常人难忍之事，还是忍让了父亲可忍之事，恐怕很难说清楚了。

有人把"忍让"两个字拆开，说"忍"是被动的，他人或麻烦找上门来，你能忍，不与来者计较，这是被动的"忍"；说"让"是主动的，先向他人示好，向他人表示歉意，这是主动的"让"。其实，"忍让"两个字拆开与否，没有本质的区别。若一定要把"忍让"两个字拆开，并区分对待，我认为"忍让"真有几分强弱之分。弱者多是"忍"，强者则是"让"。

其实：

忍让是一种行为，包括口头的，但又不限于口头；

忍让是一种心态，包括积极的，但又不限于积极；

忍让是一种文化，包括健康的，但又不限于健康；

忍让是一种品德，包括积极、健康的观念与意识，更包括举止大方、卑亢有度、进退自如的言行。

忍让还可以从不同的角度进行更多、更深刻的理解与认识。

忍让是权宜之计，如"君子报仇，十年不晚"，是一种暂时的忍让；忍让是谋略，如"小不忍则乱大谋"。而真正的忍让是一种高尚的道德行为，能容

[①] 为了纪念和缅怀父亲平凡、辛勤的一生，让我国的"忍让"文化在和谐社会建设中发挥更多的作用，笔者于2009年夏撰写了此文。

人之短，让人之过。

忍让观，即以一定的心态与意识为基础，以一定的目标、目的为导向，对与本人相关的争议、纠纷、矛盾，甚至是遭遇打击、迫害所持有的态度与观念，以及与这一态度和观念相一致的言行。

父亲的"忍让观"，以积极、健康的心态与道德规范为基础，以避免争议、纠纷、矛盾扩大化为导向，以有利于家庭和睦、子女健康成长为目的。在面对与本人、家庭、子女等相关的争议、纠纷、矛盾，甚至是遭遇打击时，父亲总是保持乐观的、友善的、包容的和息事宁人的态度，以及与这一态度、观念相一致的言行。

从我记事时起，家里由于小孩多，读书和"吃闲饭"的人多，所以劳动力就少，养家糊口十分困难，时常被极个别余粮户歧视。在这种环境中，父亲是弱者，家庭是弱者，而我却不一定是"弱者"，有争强好胜的时候，有时还特别坚定和执着。但父亲总是劝导我不要与人争吵，忍让一下就算了，甚至以典故、名言等教育、告诫我。"忍得一时之气，免得百日之忧"是父亲常说的一句话。

在大家庭内部，我当兵后就相对独立了，与大家庭成员几乎没有直接和切身的利益冲突。但因为对父母或其他事物存在认识上的差异，大家庭内部的矛盾总是难以避免的，于是，父亲更加要求双方或多方忍让。

我常想，父亲为什么总是强调忍让？父亲的"忍让观"是怎么来的？是父亲头脑里固有的，还是天上掉下来的？

我认为，父亲"忍让观"的产生与形成，有其深刻的历史文化、思想信仰和现实生活等多方的根源。

一、父亲"忍让观"形成的历史文化根源

中华民族有关忍让的文化源远流长，而且十分丰富，通过书本、口口相传等多种方式影响和润泽后人。

在西泉畈，父亲也算是个读书人，而且是个走"四面"的读书人。有关

修身养性论忍让的书,他一定阅读了不少,至少听说了许多这类的故事、传说,并且逐渐有了自己的认识和观点。如孔子的"小不忍则乱大谋",把忍让与事业成败相联系,这种忍让可以理解为谋略,一种权宜之计。又如"张公百忍得金人"的传说故事,张公忍让了常人难忍之事,把忍让与意外的财富相关联。再如"人在屋檐下,不得不低头",把忍让与个人所处的环境相联系。还如"留得青山在,不怕没柴烧",把忍让与未来相结合。这些都是父亲常说的有关忍让的话。中华民族源远流长的忍让文化一定在父亲头脑中留下了深刻的烙印,并对父亲"忍让观"的形成产生了长远的影响,就像父亲的思想包括其忍让观或多或少地影响着我一样。

所以,父亲所说的忍让,所做到的忍让,一定与其读到、听到和了解到的有关忍让的历史故事、忍让文化有着深刻的渊源。

二、父亲"忍让观"形成的思想信仰根源

父亲是信仰儒家思想、遵循儒家道德、崇拜孔子的人。简单地说,父亲相信行善积德,相信因果相报,相信"感化"的力量,相信与人相遇是缘分,包括夫妻、父子(女)、兄弟姐妹等。其核心价值思想就是"仁义礼智信"。

同时,父亲也有朴素的辩证法思想,对老子的《道德经》中有关忍让的辩证思想有一定的了解。老子认为,"曲则全,枉则直",委曲与求全是辩证的。父亲常说,男子汉"要能屈能伸"。这也许就是父亲有关曲与伸的辩证法的体现。

父亲的思想信仰中包括"善",包括"仁义礼智信",而且认为"曲则全,枉则直","善"与"恶"是辩证的。要忍让,就要像张公那样(实际上,张公的忍让是常人学不到的,也无须生搬硬套,但张公宽容的心态也许值得提倡),日久见人心,忍让不是一日之功,时间长了方能忍成"正果",让对方心悦诚服,更显示忍让者的修养与才华。

父亲的思想信仰中的"善"根深蒂固,父亲在行动上更是努力向"善"和积"德"。于是,在对待子女的"过失",对待他人的"过分"时,父亲都

认为"人非圣贤，孰能无过"，能容人处且容人。

父亲之所以能忍让，或者说，需要忍让，是因为其思想信仰中认为自己是"善"的，相信别人也是"善"的，即使存在"过失""过分"，也相信通过忍让能感化。

三、父亲"忍让观"形成的现实生活根源

在我的记忆中，父亲每次选择忍让都有理由。但其实，最根本的原因是无奈，是弱者的无奈，因为"人在屋檐下，不得不低头"。

因此，父亲的忍让，也许是出于生存的选择。

如此说来，父亲的忍让，就是赤裸裸的懦弱，与历史文化和思想信仰似乎没有关系。其实不然：

父亲的忍让至少包括两个方面。

一是当遭遇强者的"过分"时，父亲是弱者，此时的忍让更多是为了"忍得一时之气，免得百日之忧"，避免发生"鸡蛋碰石头"的结果。这种忍让可以理解为谋略式的忍让，或权宜式的忍让。但这与不懂历史文化、没有思想信仰之人的赤裸裸的懦弱的忍让，是不可相提并论的。两者最大的区别和不同就是心境与心态。

正如郑板桥所说的"吃亏是福"和《说苑丛谈》所说的"能忍耻者安，能忍辱者存"，说明忍让既是一种生存的哲学，也是一种心理感受，把"吃亏"理解为"福"，将"忍耻"理解为"安"。一样的忍让，不一样的感受，有着不同历史文化、思想信仰和道德修养的人一定有不同感受。这种感受就是心境与心态。

一个没有经受历史文化熏陶和影响，没有一定的思想信仰基础及道德修养的人，要把"吃亏"理解为"福"，将"忍耻"理解为"安"是不可能的，甚至是不可想象的。

父亲对忍让或"吃亏"的理解也许没有达到郑板桥那种高尚的境界，还不至于认为"忍耻"可以心"安"，但父亲忍让之后不记仇是肯定的，特别是

劝导我们小孩不要记仇。即使是"强者"的行为本该牢记，父亲也劝导我忘了他。如某人利用职务便利和关系不择手段阻碍某中专学校录取我就是例证。

二是当遇到他人"过失"时，父亲不以强者自居，均能容人之短，让人之过。可以说父亲是"量小非君子，无度不丈夫"，这里的"无度不丈夫"请不要读成"无毒不丈夫"了。忍让可以反映一个人的修养和品质。

四、父亲的"忍让观"对我的启示

客观地说，父亲的忍让观，我是学不到或学不全的。

因为父亲忍让观的产生和形成有其特定环境和条件，三要素（即历史文化、思想信仰和现实生活）中，除历史文化依然影响着我以外，另两要素均发生了改变。我们都知道外因是变化的条件，内因是变化的根本。现在外因改变了，再好的鸡蛋也孵不出小鸡来。

尽管如此，父亲的"忍让观"仍然给了我深刻的启示。

（一）忍让是人生的"必修课"

人生之路可谓漫长，无论是谁，无论多么强大，都不敢轻言其人生之路所向无"敌"！即使是强者，可以所向无敌，也存在效率与代价之分。于是，就有哲人说，懂得适时适度忍让的人才是智者，才是笑到最后的赢家。

"忍一时风平浪静，退一步海阔天空。"

生活中，忍让无处不在，忍让无人不需。不能忍让的人必然会害了别人，毁了自己。勾践有了忍让，才有之后的霸业；韩信有了忍让，方得盖世威名之远扬。幸福和谐的生活需要忍让；安全顺利的驾驶需要忍让；纠纷再大，即使是起诉到了法院，仍然需要适当忍让。

生活中，忍让就是弯曲的艺术。

懂得弯曲并敢于弯曲，是一种本领，更是一种境界。

有一个小故事：两个受了不白之冤的人被关在同一所监狱，一人看到的是窗口外明亮的星星，而另一人看到的却是四周的高墙。看到星星的人甘于默默忍受，而看到高墙的人终因绝望，在一个风雨交加的夜晚结束了自己的生命。多年以后，案件水落石出，那个看到星星的人重获了自由，另一个悲观的人却早已命归黄泉。

有时候，适当的弯曲是一种理智。弯曲不是妥协，而是为战胜困难做出的一种理智的忍让。

弯曲不是倒下，而是为了更好、更坚定地站立。弯曲不是毁灭，就像大雪压弯了松树，等到春暖花开、冰雪消融时，松树依然矗立挺拔，实现了退一步海阔天空的愿望，让生命锻炼得更坚强。

（二）忍让是人生的"润滑剂"

人生之路可谓坎坷，与人相处，摩擦、矛盾、纠纷等实属难免。若遇到摩擦、矛盾、纠纷时，不学着忍让、不善于忍让，甚至是得理不让人，或无理争三分，彼此之间的关系一定很紧张，就像高速运动的齿轮、轴承一样，没有润滑油，就会硬碰硬，其后果可想而知。

若遇到摩擦、矛盾、纠纷时能适时适度忍让，就像在人生的旅途中，在与人交往相处中添加了"润滑剂"，摩擦、矛盾、纠纷等不会成为自己的绊脚石，更不会成为前进路上的障碍物。如此，最终得益的是人的心境，因忍让避免了纠纷，及时化解了矛盾，冷却了怒火，让人恢复平静。好的心境使人生机勃勃，身心愉悦。

（三）忍让是人生的"红绿灯"

人生之路可谓复杂。一般而言，大城市的基础设施比中、小城市完备，于是，原本居住在乡村的人会向城镇、城市迁移，原本居住在小城市的人会向大、中城市迁移。人多了，车多了，原来畅通无阻的十字路口、丁字路口和Y字路口等便时常出现堵塞的情况。为了缓解道路交通不畅与堵塞，每座城市，甚至有些乡镇道路上都有了红绿灯。但是，人们聚集在一起，生活在一起，堵塞和不畅的又何止是道路……又何止是生活在城镇中的人们……

无论生活在城市，还是生活在乡村，无论彼此的血缘关系是何等亲近，哪怕是父子、同胞，长期生活在一起，也难免有矛盾；夫妻也可能有纠葛。

因为懂得了"红灯"亮时须忍让,父子矛盾、同胞纠纷便可化解于笑谈之中,夫妻纠葛也能消融于"枕头之上"。

忍让,使我们的人生之路有了更多、更长的坦途。

2009 年 7 月 6 日

(发表于《岁月》2010 年第 3 期)

翡　翠[①]

化身翡翠堂上飞，
祭文喝彩满山醉；
偶见浮云欲遮日，
翡翠笑踩山果归。

化身翡翠畈上飞，
但看稻熟浪花推；
不顾败苗藏何处，
严冬过后自作肥。

2009 年冬

（发表于《青年文学家》2010 年第 11 期）

[①] 为了纪念和缅怀父亲平凡、辛勤的一生，让我国的"孝"文化在和谐社会建设中发挥更多的作用，笔者于2009年冬撰写了此文。《翡翠》主要借助民间传说形式，象征父亲去世后化为了翡翠鸟，飞行在西泉畈（村名）和吴司堂（地名）上空，并欣喜地目睹了孝心儿女纪念、缅怀父亲时那"祭文喝彩满山醉"的感人场面和"但看稻熟浪花推"的丰收景象。

我的生日与半个鸡蛋

"生日",三岁的小朋友都知晓其含意,而"半个鸡蛋"与我有什么联系呢?

记得是我十岁生日那天的早晨,母亲特地为我煮了一个鸡蛋,并嘱咐我说:"趁热吃了,今天是你十岁生日!"

"十岁生日",我领会了母亲的意思,而且明显觉察到鸡蛋是悄悄地塞给我的(家里人多,鸡蛋通常用于招待客人,或拿去小卖部换点食盐、日用品)。我双手捧着炽热的鸡蛋,乖乖地站在母亲身边,一会儿看看手中的鸡蛋,一会儿又端详着忙碌中的母亲……

"剥了蛋壳,容易凉,趁热吃了。"母亲见我双手捧着鸡蛋站了好一会,好像没有吃的意思,就替我剥了蛋壳,再次催促我说。

"娘,这半个你吃了吧。"我说着便将另外半个鸡蛋递给了母亲……

按老家的习俗,男孩子的十岁生日是隆重的日子,困难的家庭也要摆上一两桌,以示喜庆与祝贺;而我十岁生日那天,这个实属"专享"的鸡蛋还是母亲"悄悄"塞给我的,完全没有"喜庆与祝贺"之意。但这份"专享"与"悄悄",已然凸显了母亲对我的"偏爱"!

在此之前,是否还有类似的"专享"与"偏爱",我就不记得了;但在这之后,直到十七岁离开西泉畈,离开湖北,就再也没有这份"偏爱"了。然而,即便是这份仅有的"偏爱",也足以让我铭记终生!

其实,儿子的生日,也是母亲的苦日,甚至极可能是受难日,尤其是在医疗条件落后的年代。只可惜，这事往往被忽略了。

  人生很漫长，其实也短暂；时间虽然很无情，却又到了有情有"忆"的时候。转眼间，就到了我的 65 岁生日，在寿宴、寿面中，那饱含着特殊情感的"鸡蛋"再次强烈地震撼着我的心灵，并引起了我对母亲的回忆与缅怀……

  母亲在世的时候，我往往忽略了她的牵挂，忽略了她的感受，忽略了她深埋心底的爱。

  面对日渐苍老的老娘，虽然是九十八岁的高龄了，但身体还算硬朗，并以为还能陪她几年。然而这场突如其来的疫情改变了这一切……

  母亲在韶关与我生活了八九年，这份母子情何等珍贵！失去了，便永远不复重来。在母亲弥留之际，我紧握着她的手，这熟悉的双手……我与母亲，64 年的缘，于 2021 年 1 月 25 日走到了尽头；如果有来世，我愿再做娘的儿子。十岁生日，二十岁生日，三十岁生日……再享受老娘那份"半个鸡蛋"的偏爱……

2022 年春

我爱赏月，我爱云！[①]

人们都说，中秋快乐！

然而，"秋"却是个多愁善感的时节。君若不信，不妨看一看"愁"字吧，也许认为我这种说法有几分道理，至少能同情我的"愚论"……

秋，总会让人多虑、多想。于是，"愁"便如云随月，淡淡的忧伤，不时掀起片片愁云。有人尝一口月饼，无论是五仁的，还是双黄的，便可感受其酥脆、香甜；而我那九十几岁的老娘，昨日看到我递给她那"广式月饼"之后，没有半点快乐的表情，却是端详了月饼许久，然后看了看天空……

平日里很少说及去世二十多年的父亲，昨天却"念叨"了好一阵子。老娘若有所思，又像漫不经心地说：

"你老父他那里离月亮不远吧，不晓得那里有没有月饼？

前日晚上，还梦见他忘了带钥匙，一个人站在门外等我呢！

又一年了，他在'天堂'那边，不晓得能吃到月饼不？

……"

小时候，父亲带我去"大天井"[②] 赏月。按照父亲的吩咐，我很不情愿地将月饼供奉在"大天井"的青石台上；随后，虽然跪拜在月光下，眼睛却盯

[①] 笔者的母亲时年96岁，与笔者长期生活在韶关。老人虽然行动不便，生活需要照料，但不糊涂。逢年过节的时候（如春节、中秋节），老母亲常常思念笔者去世二十多年的父亲。此文主要是以"赏月"这一特别场景，描写与九十多岁的母亲共享天伦的感受……

[②] "大天井"，四周是房屋，形如四合院，只是特别大（约能容纳上千人），用于宗族祭祀活动。

着那几个月饼，生怕被月亮"偷吃"了。祭拜之后，月饼虽然完好无损，但我心中的困惑依旧，于是便问父亲"赏月"的由来，从此也就晓得了"赏月，是人对天，对大自然的敬重，并不是真的让天上的月亮吃我们手中的月饼"！

听罢父亲的讲述之后，也就不再相信天上的月亮后半夜会下来，趁小孩睡觉的时候"偷吃月饼"的传说了。

光阴似箭，父亲带我赏月的经历过去了半个多世纪，早已成为永恒的记忆！不晓得从什么时候开始，我爱仰望天空，爱赏月了，也许是相信父亲真的去了"天堂"的缘故吧！

如今晚，与亲人静坐在月下，不时举起酒杯，畅谈过去，感知沧桑岁月。突然，月亮被淡淡的云层遮挡。刚才那多情的月亮，即刻间变成了若隐若现的"闺秀"。于是，心头另一种莫名的思绪，被这"淡淡的云层"勾起……

相守的在月下，相望的在天边。生活本来就是如此，喜怒哀乐伴人生。牵挂，思念，哪怕断断续续，也是真情表白！忧伤，秋愁，哪怕只有淡淡的若干，那也是抛弃不了的情怀！

2019年秋

（选自《宜方故事》，团结出版社，2020年10月）

心中的外祖父

为了补充、核实《重拾的记忆》①一书中的相关资料,我于今年清明之前,回了一趟湖北老家;并随亲人一起去祭拜外祖父,为外祖父扫墓。其间,一行人有意或无意(其实,我是有意的)地谈起了心中或印象中的外祖父。

外祖父牺牲时年仅26岁,大姨娘七八岁,母亲五六岁,三姨娘三四岁,最小的姨娘才两岁左右。说起外祖父,三位姨娘和母亲对他的记忆与印象并不多,于是到我们这一代,外祖父便只是一个概念了。所谓心中或印象的外祖父,都是母亲、姨娘口口相传的信息。但是"口口相传"却丝毫不影响外祖父在我们心中的地位与形象,更不会妨碍我们这些外孙对外祖父的崇敬与缅怀。

然而,这不能不说是一种深深的遗憾!

三位姨娘,她们早已先后去世,母亲也于2021年1月25日离开了我们。于是,关于外祖父的记忆与印象,由于都是"口口相传",所以并没有任何图片与文字留存,而这"口口相传"中的外祖父似乎也越来越模糊了,甚至还有几分"别样"……

每当此时,内疚之感难免从心底泛起!

幸好,这次与众表亲的叙谈,让我收获良多,便萌发了撰写此文的念头,再结合母亲生前多次讲述的内容,一幅栩栩如生的外祖父"形象图"便在脑

---

①《重拾的记忆》是作者正在撰写的新书。该书的主要内容是以一幅画像,一尊墓碑,一段文字,重拾着,记载着对先辈,对革命烈士(包括作者外祖父、两位伯父)深深的缅怀……

海中浮现了。将外祖父的心质、举止与精神面貌，用文字予以描绘，当属我作为外孙的义务：既可告慰母亲、三位姨娘的在天之灵，也可算是略微尽了点孝道，还可给子孙后代留存点念想与红色记忆。

如此，外祖父就不再是个"概念"，是个"称呼""称谓"，而是个有血有肉、有情感、有灵魂的人！

如此，每当缅怀、纪念时，外祖父就在心中！

如此，每当寻根思源时，外祖父就在血液里！

母亲常说，外祖父是个读书人，上有兄长，下有胞弟，办事处世总有那么点少年老成的模样。可怜哟，生在乱世，一个干净、清白之人，被糟蹋了……

我曾问过母亲，何为"干净、清白之人"？

母亲没有直接告诉我，只说了"不愿与那些人搭伙啦"。

"不愿与那些人搭伙"，母亲的话我懂了。

其实，虽说是"办事处世总有那么点少年老成的模样"，但还是不愿意"同流合污"，外祖父是个纯粹的、纯洁的人。

一个纯粹、纯洁之人，又恰逢浊世，欲为民却不可为民，还特别注重他人的评说与看法，真如同生活在世俗的沼泽之中。恰在此时，共产党在鄂南（通山）开展土地革命，共产党的主张正好也是外祖父这个读书人的期盼与追求。1929年，24岁的外祖父加入了中国共产党。从那时起，外祖父便告别了私塾，走出了其人生的沼泽，开始了崭新的旅程。

白衬衫，蓝长褂，还有那把竹柄油布雨伞与白褡裢，是外祖父的标配行装。母亲曾多次说起，白衬衫和白褡裢是外祖父的最爱。

外祖父因何心仪白衬衫和白褡裢？我也曾好奇地问过母亲。母亲说是外祖父爱讲究，爱干净。其实，母亲只知道表面现象，真正的原因只有大姨娘清楚。这次，表弟在叙谈中说，外祖父在牺牲的前几天，似乎觉察到了异常，形势非常紧张，就特别交代外婆多备几件白衬衫，其中有一件还是崭新的，一并放入了白褡裢里，随身携带。

外祖父明知此行凶多吉少，还是坦然自若。

不幸，这一出门，便是永别！

……

衬衫带有文化、政治内涵，而白色有干净、清白和纯洁之意，是骨气、正气的外在表现。唯有如此，才能解释外祖父"明知此行凶多吉少"，可还是"多备几件白衬衫"，随身携带。这与"爱讲究""爱干净"没有多少关联。

若干年前，我曾听一位十分了解外祖父的"没牙外公"（一位十分亲和的亲戚，因其几乎掉光了牙齿，我们小时候便都亲切地称其为"没牙外公"）说过，外祖父入党后不久就写过一份"遗书"，也有人说是一份"生死状"。这份"遗书"一直没有被找到，后来有人猜测可能藏在了外祖父随身携带的竹伞里。至于内容是什么，就无从知晓了。了解外祖父性格和行事风格的人有过多种版本的猜测，但我相信如下版本比较近似于原意：

倘若死在路上，那一定是条光明的大道；

倘若死在房间，那一定是个黑暗的世界；

倘若是一个人孤零零地走了，请不要哭泣，同志、同伴一定就在附近……

2022 年 7 月

把酒当歌为谁欢

酒为何物？何以为欢！

我小时候，父亲告诉我说，酒是水上舟，酒是两岸桥，酒让彼此靠近，酒让陌生相识。父亲还告诉我说，酒就是酒种（乙醇）与水的混合物，水多了，酒就淡些；水少了，酒就浓些。水少，酒香，情浓烈。话虽是这样说，可君子之交淡如水，无酒也欢心。

我长大了，母亲告诉我说，酒是杯中的枪；酒是忘情的水！酒喝多了，其言失真，其态不雅；再喝多了，其德或缺，其行或损。母亲还告诉我说，酒虽是杯中枪，却只醉言行不醉心；若醉其心，其人本也无心。

有一天，她对我说，酒是孝子的情，酒是男儿的泪；男儿有泪不轻弹，泪只流在军人的梦境中。

酒为何物？何以为欢？听罢以上各说，我心中领悟出这酒已超越了物质，具有精神的力量。如此，我似乎明白了许多。

然而，在茫茫人海中，在灯红酒绿处，于五彩缤纷的灯光下，人们因酒而去，为欢而来。看罢这场景，我似乎又困惑重重……

渐渐地，我学着放弃纠结，搁置困惑，寻找着自己的那份感受，原来"弹指一挥春秋去，黑发早已变银丝"才是我最真切、最在意的——母亲老了。当我年小、年少的时候，由于与众多家庭相同的原因，母亲已静悄悄地度过了她二三十个生日；当我年轻、年壮的时候，由于身在军营，家处异地，母亲还是静悄悄地度过了她近二十个生日……

为了母亲的欢颜，在母亲九十岁生日这一特殊时刻，我们举起酒杯，祝母亲福如东海、寿比南山。这一次，在母亲的"见证"下，我喝多了点！

酒为何物？酒被人格化了，酒品如人品，即人的品行决定了酒的品质；何以为欢？以"母亲欢颜"为欢！

酒为何物？何以为欢！

战友（同学）对我说，酒是男之友，酒是女之伴；若是酒前相思饮，酒后便是俩相思。

首长（老师）告诉我说，酒是"情趣"，酒是"风流"，酒还是"风雅"，如李白的"看花饮美酒，听鸟临晴山""且就洞庭赊月色，将船买酒白云边"，如李清照的"常记溪亭日暮，沉醉不知归路""昨夜雨疏风骤，浓睡不消残酒"；酒也是"酒愁"，如杜甫的"朱门酒肉臭，路有冻死骨"。

有一天，她对我说，酒是亲人牵挂的泪水，酒是男儿远行的汗滴；酒是"众里寻'她'千百度"的目光，也是悲欢离合的见证；酒还是对校园、对军营，对同学、对战友的眷恋！

酒为何物？何以为欢？正如上述所言，酒被人格化了。去年秋天，有几位战友（同学）外出旅游，顺道落脚韶关看看我。在相聚用餐时，有战友叹息，说岁月无常人易老；早些年，三年五年不见，后来一年两年不见，便可听说有同学、战友病重、去世这类不幸的消息……

说到这些沉痛、悲伤的话题，自然想起了酒，众人便举起了手中的酒杯，向不幸去世的战友表示悼念。一场叙旧的小聚会，瞬间变成了追思会；当然，一阵追思之后，又重回叙旧的小聚会，于是，健康成了话题。酒的功能与作用被人格化了。

酒为何物？酒被情绪化了，即喝酒人的情绪决定了酒的"情绪"；何以为欢？以"战友健康"为欢！

酒为何物？何以为欢！

有律师朋友说，酒是饮品，只是比一般的饮品（如果汁、椰子奶、茶等）特殊一点罢了；通常情况下，人们在上班时不会饮酒或含酒的饮料（特殊职业、特殊场合除外，如品酒师、酒类推介会等）；人们在从事某些民事行为时禁止饮酒或含酒精的饮料，如驾驶交通工具（汽车、摩托车等）、高空作业、吊车作业，等等。

有顾问单位朋友说，酒是礼品，只是比一般的礼品（如香烟、茶叶、水果等）特殊一点罢了；酒也是招待用品（如在招待餐上使用）。

酒为何物？酒就是工具，酒被物化了，即酒被人们利用了；何以为欢？以"明白"了，"清楚"了为欢！

在生活中，或在近三十年的律师执业中，"把酒当歌"的情形难计其数，即便是"醉"了，也如母亲所言："只醉言行不醉心。"至于"欢"，当然是为"己"而欢；而这个"己"有时是大的"自己"，有时则是小的"自己"。我对酒只是略知一二，不敢妄言，但愿将拙见与朋友分享：酒是水上舟，酒是两岸桥；酒可被"人格化""情绪化"，也可被"物化"。酒还可成为工具：酒是放大镜，酒是望远镜，酒还可能是照妖镜。酒让我看清楚了这纷繁复杂的世界，也让我看清楚了他，还有她……

2020年2月

（选自《宜方故事》，团结出版社，2020年10月）

那天　那狗　那嚎叫……

有人说，狗通人性，狗是我们人类的朋友。

也有人说，狗就是狗，哪有什么人性可言，最多也只能说是其主人的朋友罢了。不过，狗咬主人的事早就不是新闻了。

还有人说，狗，狗，狗……狗怎么啦！在现实生活中，有个别人还真是不如狗呢！

……

大约是8岁那年的夏天，我被同村一只老狗，众人唤之为"黑狗"的咬伤了左腿。这事虽然过去了50多年，但那切肤之痛，还有当时的情景，尤其是邻居们的议论，我依然记得很清楚：

狗主人听到我的哭声之后，马上就从屋内走出来了。她急忙看了看我的伤口，还安慰了我几句，说是伤得不重，不要紧的。

她，一位慈眉善目的小脚女人。按辈分，我应称呼其为嫂子。可按年龄论，她比我父母还要大20岁左右，可说是村里的老人家了。

不一会儿工夫，我大哥便端来了一盆温盐水，并用毛巾浸着盐水使劲地擦拭、挤压我的伤口，还叫我忍着疼痛，说是这样可以将狗毒排挤出去。随着我的哭声，围观的人越来越多，议论的、出主意的人也越来越多了：

"这样洗有什么用？快请人去田边挖些草药敷上……"

"这只黑狗，早该打死它，咬伤人又不是第一次，去年就咬伤了一个坳头村的……"

"就是，早该打死它，这该死的黑狗！"

"现在打死也不迟，并将这黑狗脑髓趁热敷在伤口上，马上止痛，很快就好了……"

用"黑狗脑髓热敷伤口"的话音刚落，我便如获至宝，立即不哭了，并强烈要求马上打死黑狗，用其脑髓敷伤口。

其实，我并不知道狗脑髓是否真的可医治狗咬伤，但如此视"狗脑髓热敷伤口"为至宝的原因，无疑是为了除害。

也许是狗主人自认理亏，也许是为了平息众怒，更多的是因为我确信"狗脑髓热敷伤口"的效果，黑狗被立即"镇压"了！

那天，那狗，那嚎叫……几声之后，永远闭上了嘴！

……

去年夏天的一个傍晚，我结束了对《重拾的记忆》[注]一书中几位烈士后人的采访之后，带着满足、得意的心情，顺着村间的小路，从村西侧向东头缓慢地步行着，还不时回头向送别的人们挥手致意。

走着走着，在即将到村东尽头的时候，突见一只黑狗朝我扑来。说时迟那时快，我下意识往下一蹲，顺手捡了块小石头，狠狠地朝黑狗砸去。小石头虽然没有砸在黑狗身上，但黑狗还是被吓回去了。于是，我便绕道而行，穿过村中几条小巷，再到达停车场，开车回了县城住处。

几天之后，我与几位朋友小聚，说起这次采访返回的路上突遭黑狗袭击一事，他们都为我捏了把汗，还愤愤不平：

"想办法灭了它！"

"不行，狗也是有主人的。"

……

今年春天，我带着《重拾的记忆》，去请几位烈士后人校对、审阅书稿。闲聊中，他们对我说，党和政府的惠农政策好，过去是到大城市旅游，现在是大力推广乡村旅游。看现在农村的变化多大啊，一天一个样，特别是环境变化。去年差点伤到你的那只黑狗，后来又差点伤了一个游客。

那只该死的黑狗，其主人真是下了手，不晓得是用什么异类物件卡住了黑狗的脖子，真是如鲠在喉。

那天，那狗，那嚎叫……几声之后，永远张开着嘴……

2022 年夏

莫忘了娴珍娘

——回忆父亲嘱咐为阿娘立碑、扫墓一事

娴珍娘,全名杨娴珍,生于清光绪己丑年(1889)四月初十。我出生时,娴珍娘已经六十七八岁,是位不折不扣的老奶奶了。她比我父母还大30多岁,但因与我父母同辈,才被称为"娴珍娘"。我平时就称呼她为"阿娘",是生产队的"五保户"。

阿娘于1977年2月24日(丁巳年正月初七)病逝,享年89岁。

现在西泉畈,恐怕没有多少人记得她了,但我不能忘记阿娘!这既是父亲的嘱咐,也是人性所在与必然。

小时候,正是经济困难时期,阿娘虽说是五保户,一位小脚女人,也积极响应政府号召,努力做些力所能及的事。于是,阿娘就在父母参加"大跃进"时的各项活动时负责照看我。

听父母说,阿娘待我特别好,尤其是我在两岁左右被烧伤时,满脸和双手都是水泡,整天哭闹,夜晚时常打扰到四邻。已是六七十岁的阿娘便抱着我在房屋里踱步,哄我睡觉。

更多的往事,我因为当时年龄太小,现在已不记得了。父母之前还给我讲述过一些阿娘待我、疼我的点点滴滴,也因为时间太久,我都淡忘了,甚至是全忘了。不过,有两件事,我终生不忘:一是小时候饥饿难耐时,总能在阿娘那里得到一些充饥的食物,哪怕是小半碗玉米糊或别的什么,那幸福感至今还在记忆中;二是父亲的嘱咐:"莫忘了娴珍娘。"

记得阿娘先后有两个住处，一是戏台东边的一间房屋，三十几个平方，中间用木板隔开，南北两门相贯通，南面的我称为前门，北面的自然就是后门。整个房屋有些阴暗潮湿，阿娘的床在靠南面的前半间，后半间是厨房。靠前门的那半间光线好些，阿娘常坐在这里或门外纺纱。后来（大约是1970年），阿娘将这间房屋卖给了义才哥他们家。另一住处是三界那套四水归堂房屋中的一间，与义发哥他们家共用一扇大门。这间房屋原来是间小商店（该店由义献哥他们家经营管理，所有者不清楚）。这间房屋比原来那间小很多，大约只有原来的一半，但干爽明亮，天井的日头在上午可以直接照射到房屋内。阿娘搬到这里后就很少纺纱了，但常见阿娘帮邻居编织漏兜（捕捞鱼虾的工具）。

十一二岁之前，我常去阿娘家看她纺纱或织漏兜，特别是饥饿时，会去阿娘家找点食物充饥。每当这时，阿娘好像晓得似的，未等我开口，就说剩粥放在什么地方（有时是红薯丝或玉米糊等），叫我自己热了再吃。年龄大些后，我去得就少了，去时多是因母亲吩咐我给阿娘送点新鲜的瓜菜、柴火或是单纯去看看阿娘她老人家。

1976年春节过后，我去向阿娘道别时，阿娘的听力已经很差，甚至到了耳聋的地步。我说的话，她几乎都听不到了。我怕阿娘不放心，就没有说"应征入伍"之类的时代名词，也没有说明是去广东，只说了要出远门，要到很远很远的地方去，要很久很久才回来。阿娘见我穿了一套新衣裳（新军装），以为我是去外地做生意。因此，阿娘在病重时总是问："志发做生意几时能回来？"

1979年冬，入伍后第一次回家探亲，当我问及阿娘的状况时，父亲说，阿娘在我当兵的第二年（1977年春）就不在了。阿娘病重时，总是问经常去为阿娘擦身、洗澡的母亲："志发出门好久了，几时能回来呀？"

父亲说话时，声音有些哽咽了！

可怜的阿娘，一直挂念我的阿娘，最后也没能等到我回去！

按老家风俗习惯和生前供养关系，阿娘去世后由生产队负责安葬，但没有人为阿娘披麻戴孝，更没有子女或晚辈为她端奉灵牌。父亲觉得这样过于冷清、惨淡，过意不去，于是就安排弟弟国兵代替我为阿娘披麻戴孝、端奉灵牌，送阿娘"登山"，走完了此生。

阿娘曾有一子一女，儿子早年病逝，女儿云娣姐嫁给了茶摊（地名）一章姓人家，小时候常见她回来看望阿娘。

云娣姐，一生没有生育子女（或是夭折了），听说有位过继的儿子。

其实，无论是从血缘关系上，还是从供养关系或亲属关系上说，没有人符合给阿娘披麻戴孝、端奉灵牌的条件，我也不符合。父亲只是为了让阿娘入土为安，避免过于冷清、惨淡，也是为了报答阿娘对我的疼爱和挂念，便积极参与生产队的"公葬"行动，送阿娘她走完了人生的最后一程。

父亲如此做人与行事，就像阿娘疼爱我、挂念我一样，既超越了血缘关系，也超越了供养和亲属关系。

父亲对好人、恩人善举的铭记不只停留在口头上，轻描淡写地告诉子女不要忘了好人和恩人，只要条件允许，他总是带着我去落实，去行动。

1992年秋，我专程回家为父亲操办70岁大寿。这期间，父亲又一次领着我，还有妻子和女儿，一起去阿娘的墓地祭拜她老人家。祭拜完毕之后，父亲对我说："阿娘去世十多年了，莫忘了娴珍娘！"

"莫忘了娴珍娘"，语重心长，既道出了父亲知恩图报的品质，也是父亲对我的嘱咐。

第二年的清明节，一尊标志着父亲心愿，也是父亲嘱咐的墓碑，庄重安置在阿娘的墓前。2009年1月，我又为阿娘立了第二尊墓碑，用新墓碑取代了旧墓碑。

父亲若是在天有灵，定能感知到新墓碑！

为了撰写《重拾的记忆》一书，我在查阅西泉庄族谱时发现：父亲曾"精心安排"了一套众子过继方案，除安排兄长和我等众子过继给两位伯父

（红军烈士吴永兰、吴永波）之外，还将我专门过继给吴永元、杨娴珍夫妇为子。父亲这种没有任何物欲的"精心安排"，旨在报答恩人、记得好人。

其实，父亲也希望我能像"莫忘了娴珍娘"一样，莫忘了所有的好人和恩人。

2022 年 9 月

老爸，在您远去的日子里……

老爸①，2008年3月27日14时30分，您安详地走了，就像从前去北京，去团部、连队出差一样，走得那么从容和坦然；

可您这次"出差"的时间实在是太长，太长了……

十多年渺无音讯，只是在梦中遇见过您朦胧的身影。

老爸，在您远去的日子里……

老妈常住深圳，有时也回韶关看看；

我和董瑶，虽然不孝，但我俩一直在尽心，在努力；

老妈身体虽无大碍，由于少了您的照应，已苍老了许多。

老爸，在您远去的日子里……

叔叔也于2010年10月离开人世，离开余姚，去陪伴您了；

我们不孝，尚未来得及去看望，叔叔便匆匆地走了；

最不孝的是我，董瑶、董政去余姚送了叔叔，尽了侄女的心。

老爸，在您远去的日子里……

聃聃2010年6月大学毕业，并考上了华师大的研究生；

聃聃在深圳外国语学校当老师，还有自己的房子；

老爸，谢谢您的疼爱与保佑！

---

①本文所称的老爸，即笔者的岳父。

老爸，在您远去的日子里……

我已退休多年，律师成了业余，文学写作却是生活的一部分；

已有《目送》《翡翠》《真相与谎言》《良泉夜话》等 50 余万字的文学作品在《岁月》和广州出版社等发表与出版发行。

今日时短往不复，明天虽长属于谁？我们会珍惜今天。

墓前祭品少，笔下纸无词，只因此景催泪下，无才便有心语：

福地半坡眺东南，晨曦映照寝宫暖；

秋红枫叶随风去，慈骨千钧卧南园。

……

放心吧，老爸！

您最牵挂的是聃聃，已是两个宝宝的妈妈了，托您的福！

放心吧，老爸！

您最牵挂的是老妈，我们能，且一定会尽心尽力！

2022 年秋

牵 挂

牵挂是人性与良知的体现，对娘的牵挂便是儿的本能！

牵挂是人与生俱来的责任，对娘的牵挂便是儿的天责！

牵挂是心灵与精神的感受，对娘的牵挂便是儿的福分！

……

1976年春，应征入伍，便开始了对父母的牵挂。

2013年夏，老娘迁居韶关，住进了医院，便开始了对老娘何时恢复健康的牵挂。

苍天在上亦作美，老娘在韶关幸福生活了八九年。

八九年的守护，八九年的侍候，八九年的牵挂……

2021年1月25日，老娘在广东韶关仙逝，享年98岁。从此，没有了对娘的牵挂，随之而来的便是孤独！

母子牵挂，永恒的牵挂，愿天下母亲健康、快乐，母子平安！

牵挂，只有起始无尽头……

2022年5月

山与水的依恋
——心仪的江湾

山与水的依恋,是动与静的协约,是壮观与灵动的握手,是你我心中那份不舍的缠绵……

江湾从来就很美,又因为遇见了你,或许生命中本来就应该有你,于是便有了这醉人的风景。

在青山间寻趣,在绿水中泛舟……

山,生来就是条汉子,宅心仁厚,自然被众生仰望。他吸收了天地的精华与灵气,滋养了生生不息的草木与动物世界,默默地献出了林海、温泉和如诗如画般的"十里江湾",还有与恐龙同时代的"植物化石"——桫椤。

他相信沉默是金,多少年来一直在这里静静地等候,等候着你的亲临;其间虽偶有迎来送往,还被鄙视为不过是逢场作戏。

他相信,是金子,总有被发现的那一天;是条汉子,再沉默,总有情窦初开的时候,只是这一天来得稍晚了点。

然而，今天你终于来了，平静了千百年的江湾水，头一次乐开了花；这天生就沉默的汉子落泪了……

水，本来就是一切生命之源。世间没有无水的生命，也没有无生命的水。于是，山与水的依恋，便是宇宙之意，是沉稳与灵动的倾心与交织。山水之恋孕育、延续了万物与生命，更是产生、促进了文明……

她，浪漫多情，润物无声；

她，活跃风骚，悲乐有泪；

她，能屈能伸，张弛有度。

清潭、瀑布……

花草、绿树……

还有你与我……

如此多娇的大自然，这般依恋的江湾山水，到处都有她的身影！

有人说，仁者乐山，智者乐水，而我却心仪江湾的山与水！

终于明白了：最美的风景不是孤山，也非独水，只有山与水如此的依恋，才是世间美景！①

2022 年 9 月

---

①文中所用照片由谭富堂、陈毅强、欧德亮三位拍摄，特此感谢！

鱼

鱼走了,
急匆匆地被蚯蚓带走了;
然而,大春却在"老地方"抱怨:
又迟到了,这条没有脑的笨家伙!

鱼死了,
死在一口大铁锅之内;
然而,大春却百思不得其解:
那么好的水性,怎能被一锅水淹死呢?

2022年初冬

蛇

大约在10岁的时候，我被毒蛇咬伤过一回。毒蛇这一咬，差点要了我的小命；也因为"这一咬"，我在幼年时期就深刻地体会到蛇的唾液有多毒！

好在我们村有位医德好、医术高的蛇医阿昌哥，是他救了我。

阿昌哥的年龄与我父亲相当，但辈分较低，比我还晚两辈。我便按家族习俗，称其为阿昌哥。他用现时采回来的草药，加上其祖传的秘制方法，救了我的命。村民，尤其是小孩容易被毒蛇咬伤，几乎都是他无偿医治好的。后来，县城某学校招工，阿昌哥被选中，可谓是善有善报了。

因为有了"这一咬"，相对于大多数读者朋友而言，我对毒蛇的理解与感受，或者说对毒蛇的憎恨与厌恶要刻骨许多，对毒蛇的警觉与防备也要敏锐得多。

小时候，常听说毒蛇咬伤人的事，也有人抓到了毒蛇，还听过许多关于蛇的成语、蛇的故事。

有关蛇的成语，时常听到的是：牛鬼蛇神、画蛇添足、打草惊蛇、虎头蛇尾、杯中蛇影、蛇蝎心肠、毒蛇猛兽、蛇心佛口、蛇鼠一窝、打蛇打七寸、人心不足蛇吞象，等等。

有关蛇的故事，其中经典的有两则：一则是《农夫与蛇》，另一则是《锯子与蛇》。

《农夫与蛇》，是我最熟悉，也最喜欢的故事之一，是从毛主席引用这个故事来教育我们开始理解其意义的：做人处事，就要努力分清善恶，分清敌我；对坏人恶人，对人民的敌人，对一切被"冻僵"了的五花八门的蛇，千万不能麻痹大意，心慈手软。对他们的怜惜，就是自己对善良对正义的背叛。

《锯子与蛇》，小时候听我父亲讲过。这个故事的画面感特别强烈，不时还浮现在眼前，特别是毒蛇那伤人的嘴。在这个故事里，蛇没有伤及锯子，却断送了自己的性命。现在回忆这个故事，总觉得意味深长，很有哲学思想。于是，便撰文如下：

蛇

蛇伤了，

遍体鳞伤，冷血直流；

然而，蛇却张着血盆大口仰天怒吼：

锯子，锯子，你这该死的锯子，因何要刺伤我？

蛇死了，

流尽冷血，死于锯旁；

然而，善于纠缠的蛇却死于不绕弯的锯子；

毒蛇，毒蛇，它死不瞑目：

何因不能纠缠锯子？

粤北的初冬，虽然不算寒冷，却也有几分寒意了，晚间时分更是如此；这个时候的拾贝湖，休闲的人们渐渐归去，只有几处"安营扎寨"的人群还在那"灯火"之中"欢歌笑语"，"谈论古今"，好一派"歌舞升平"的景象……

无论拾贝湖边上有多么热闹，且拥有那么富有诗意般的夜生活，蛇，这种冷血的爬行动物，此时此刻应本能地进入冬眠时节。然而，我在拾贝湖路边却偶遇了一条半死不活的蛇。

我思考了许久，也思索了良多，还不知这蛇，这冷血的爬行动物，是出来找死还是寻活……

2022年初冬

总想再送你一程（代后记）

送你千里何时止，一别总有时！

……

独自欣喜了好几天，觉得《律道》这本书还有些亮点：概括了笔者执业三十年的历程，且文学意味颇为明显。《律道》，足可以映照出一位执业律师与酷爱文学者的基本轮廓，很有几分宜方获奖我"陶醉"（如《湘西恋》）、我与宜方"共命运"的强烈感受（如《圣洁的律师袍》）。其中就包括《父亲的"雨具说"对我律师执业的影响》《回眸相视总相宜……》《问世间"淡"为何物！》《善举》《掌中欲》《保证、承诺与杜冷丁》《湘西恋》《陪你去塞北……》和《圣洁的律师袍》等，可以"杀青"了。

然而，又总觉得伤感与日俱增，这本《律道》并没有写完，没有结束……

于是，便有了这篇《总想再送你一程》，作为《律道》的后记：

总想再送你一程，不是，肯定不是缘于你孤单一人，是因为执业路上太嘈杂，有太多让人分心、为难的景物；

总想再送你一程，不是，一定不是因为你是吴律师的唯一，是因为你是吴律师的梦想；

总想再送你一程，不是，真的不是因为那几份《律师函》和《代理词》，还有《法律意见书》等没有做到尽善尽美，是因为她，还有他们那眉宇之间的微弱变化，似乎在问《律师函》《代理词》和《法律意见书》上为什么没有吴律师的签名?

......

  笔者曾在《目送》一文中描述过那种由于地域等原因，彼此的情感交流受限，但相互牵挂的心境状态，于是便企盼着这些阻隔能早日消失。而本文所说的"总想再送你一程"，则没有了那种"地域、空间"相送的心里预期与场景；有的只是对曾为宜方同事，且风雨同舟，又愉悦合作的朋友的由衷祝愿与真诚挂念。

  ......

  也许，也许如同那首歌所唱……

  其实……其实有"故事"的地方，有为之付出的职业，有希望的同行、同事，才有《总想再送你一程》的……

2022 年初秋

i